Über die Autorin

Marie von Stein, geboren Mitte der 1960er-Jahre, ist das Pseudonym einer Autorin mit Wurzeln in Südbaden, nahe Stein am Rhein. Seit den späten 1980er-Jahren arbeitet Marie von Stein angestellt und seit einigen Jahren freiberuflich als Texter und Autor.

Ihr soziales Engagement bietet ihr vielerlei Motive und Geschichten für ihre Kriminalromane.

Nach ihrer Hochzeit zieht sie mit ihrem Mann in die lippische Heimat ihrer Mutter und findet dort ihr neues Zuhause. Marie von Stein lebt mit ihrer Familie im Lippischen Bergland in NRW – zwischen Wiesen, Äckern, Wild und Wald.

Über die Sozialkrimireihe

Als fiktiver Ort vereint die Stadt Badenhausen Straßen, Plätze und Örtlichkeiten zweier nebeneinanderliegender Städte in Ostwestfalen. Die Macher der Sozialkrimireihe greifen die sozialen Komponenten von Rechtsfällen auf und lassen sich von ihnen inspirieren. Immer die Frage im Hinterkopf: Was für Konsequenzen hat es für die betroffenen Menschen, wenn unbedachte Entscheidungen und selbstgerechtes Handeln dem Schicksal in die Hände spielen? Die Geschichten selbst und alle handelnden Personen sind frei erfunden. Jegliche Ähnlichkeit mit realen Personen wäre rein zufällig.

Marie von Stein

Die Amtsschimmelflüsterer VI
Luftnummer

Der Kalletalkrimi

www.tredition.de

Copyright: © 2019 Marie von Stein
Kontakt: Marie.von.Stein@t-online.de
Lektorat: Textcheck Agency
Redaktion: WerbeWortBÜRO Text & Co.
Fotos: © Klara Westhoff

Verlag & Druck: tredition GmbH
                   Halenreie 40-44
                   22359 Hamburg

ISBN
Paperback   978-3-7482-9084-1
Hardcover   978-3-7482-9085-8
eBook   978-3-7482-9086-5

Gewidmet der wunderbaren
Universitätsklinik für
Allgemeine Orthopädie der
Auguste-Viktoria-Klinik
Bad Oeynhausen
mit ihrem richtig scharfen Blick.

Wörter setze ich auf meine Art
zusammen: zu Sätzen, zu Szenen, zu
Kapiteln, zu Manuskripten und damit zu
Geschichten, die zuerst mich durchströ-
men und dann … vielleicht auch andere.

PROLOG

30. Mai 1988

»Hey, Andi! Nicht vergessen, nach Feierabend. Ich bin heute dran, dich nach Hause zu fahren.« Ralf Schmidt winkte seinem Kollegen fröhlich zu und erntete ein erleichtertes Kopfnicken von dem jungen Mann, der es mal wieder geschafft hatte, für ein paar Wochen ohne fahrbaren Untersatz auskommen zu müssen.

Mit lautem Geschepper liefen die Rollenbahnen der Verpackungsanlage nach der kurzen Mittagspause wieder an und Ralf ging weiter zu seinem Arbeitsplatz. Er schaute auf die Armbanduhr an seinem Handgelenk und verglich sie mit der werkseigenen Uhr an der Wand. Passt. Langsam zählte er runter und erschrak trotzdem genau bei null, als das Signalhorn ertönte. Zeit, weiterzumachen. Von hinten sah er schon die nächsten Pakete anrollen.

Was für ein Idiot hatte nur wieder Verpackungsmaterial mitten in den Weg gelegt? Vorsichtig überstieg Ralf mit dem linken Fuß den Papierhaufen, übersah aber das Kunststoffverpackungsband, das darunter lag. Er rutschte darauf aus, verdrehte sich den Fuß, blieb an einer der Verankerungen der Rollenbahn hängen, verdrehte sich das linke Kniegelenk und knallte mit voller Wucht mit beiden Knien auf die Metallschienen der Transportbahn. »So ein Mist«, presste er mit schmerzverzerrtem Gesicht hervor, kleine Schweißtröpfchen bildeten sich auf seiner Stirn. Die Pakete kamen immer näher. »Stopp! Sofort stoppen!« Er hob die Hand und der Maschinenführer reagierte augenblicklich. Der haute auf den roten Knopf neben der Anlage, die Rollen verlangsamten sich und direkt vor Ralfs lädierten Knien blieb das vorderste Paket stehen. Er sah nur noch die Unruhe im Hintergrund der Halle und die Kollegen, die auf ihn zugelaufen kamen, dann wurde ihm schwarz vor Augen.

*

»Ralf? ... Ralf? ... Wach auf!«

Ganz weit weg, leise, hörte Ralf eine Stimme. Er spürte Hände, die seinen Kopf anhoben, etwas Weiches, das in seinem Nacken kitzelte. Vorsichtig öffnete er die Augen und blickte mitten in Andis Gesicht.

»Hey, Kumpel, da bist du ja wieder. Mensch, wir hatten hier schon Panik geschoben, weil du weggetreten warst.«

Ralf wollte sich aufrichten, zog das rechte Bein an, um aufzustehen. Doch da war wieder dieser Schmerz, dieser wahnsinnige Schmerz, der ihm durch die Knie schoss. Er zischte durch die Zähne, um nicht laut aufzuschreien.

Andi drückte ihn vorsichtig zurück. »Lass es. Sieht nicht gut aus. Der Krankenwagen müsste gleich da sein. Der Chef sagt, du sollst so lange liegen bleiben, das soll sich erst einer angucken.«

Wegen der Decke, die ihm einer der Kollegen unter den Kopf geschoben hatte, damit er nicht auch da noch auf dem kalten Boden lag, konnte er einen Blick auf seine Beine und die kaputte, blutverschmierte Hose erhaschen.

»Scheiße, die Jeans war noch ganz neu. Alexandra wird ganz schön rummaulen.«

»Das glaube ich nicht, Alter. Wenn die das sieht, dann wird sie wohl eher rumheulen. Deine Beinchen sind ganz schön ramponiert. Mach dir also keine Gedanken wegen deiner Angetrauten.« Andi grinste und hinter ihm erscholl verhaltenes Lachen.

Erst da erkannte Ralf, dass einige seiner Arbeitskollegen um ihn herumstanden, und sich wohl über ein paar Minuten Pausenverlängerung freuten. Dass der Vorarbeiter noch keinen Ärger gemacht hatte, war Ralf schleierhaft. »Wo ist denn der Chef?«

»Der ist vorhin ins Büro gerannt, die Rettung rufen. War schon filmreif von dir, wie du in die Rollenbahn geknallt bis. Musste ja lange für geübt haben.«

»Sehr witzig.«

Im Hintergrund wurde es unruhig, die Kollegen stoben auseinander und stapften nach einem Blick auf den Vorarbeiter und dessen blitzende Augen zügig an ihre eigenen Arbeitsplätze. Sanitäter und Notarzt hatte er gleich mitgebracht.

»Los, Leute, hier gibt es jetzt nichts mehr zu sehen. Die Arbeit geht weiter.« Der Vorarbeiter wies auf Ralf. »Hier ist er, unser Unglücksrabe. Ich muss dann mal weitermachen. Ralf, du bist jetzt in guten Händen.« Er schaute den Arzt an und meinte lapidar: »Stimmt doch, oder?« Dann ging er laut lachend seiner Wege.

Auch Andi drehte sich um und spazierte zurück zum Band, das langsam wieder weiter drehte »Ich bin dann mal weg. Mach's gut, Alter.« Und schon war auch er von der Bildfläche verschwunden.

»Nun, Herr Schmidt, dann lassen Sie mich mal gucken«, meinte der Notarzt, stellte seine Arzttasche neben Ralf auf den Boden, griff hinein und leuchtete ihm mit einer Speziallampe in die Augen. »Die Reflexe sind okay«, murmelte er, untersuchte weiter und tastete vorsichtig die Beine ab. »Sagen Sie mir mal Ihre Adresse und Ihr Alter.«

Ralf furchte irritiert die Stirn. »Rolandstraße, hier in Badenhausen, Rolandstraße 97.«

»Wann geboren?«

»Dritter Juli Dreiundsechzig.«

»Okay. Und Ihr Beruf?«

»Handelsfachpacker. Aua!«

Der Arzt legte ihm die Hand auf die Schulter. »Gleich vorbei.« Beim nächsten Griff in seine Tasche holte er eine Verbandschere heraus. »Jetzt müssen Sie ganz stark sein, ich muss Ihnen nämlich die Hosenbeine ab hier auftrennen«, er deutete auf Ralfs Oberschenkel, »damit ich sehen kann, wie es darunter aus-

sieht.« Schon während er sprach, hatte er die Schere angesetzt und das linke Hosenbein einmal in die Runde und dann noch längs bis zum Fuß aufgeschnitten. »So, jetzt das rechte, dann werden wir mal sehen, wie ich Ihnen den heutigen Tag noch versüßen kann.« Er betrachtete präzise beide Knie und strich vorsichtig an den Seiten und den Kehlen entlang. Dann räusperte er sich, packte seine Sachen wieder zusammen, winkte den Sanitätern und gab seine Anweisungen.

»So, Herr Schmidt. Die beiden Herren hier werden die Wunde desinfizieren und verbinden und Sie dann vorsichtig auf die Trage heben und Sie zum Rettungswagen transportieren. Der fährt Sie dann zum zuständigen Durchgangsarzt. Dort wird dann alles Weitere in die Wege geleitet.«

Der Notarzt stand auf, sprach leise mit den Sanitätern und wollte sich schon verabschieden, als Ralf nachfragte: »Aber was ist denn mit mir? Hab ich mir das Schienbein gebrochen?«

»Nein«. Sein Gegenüber winkte ab. »Es sieht so aus, als wäre der Meniskus in Mitleidenschaft gezogen worden. Auf jeden Fall der auf der linken Seite. Die Platzwunde muss unbedingt von einem

Kollegen behandelt werden, sie blutet auch sehr stark. Ob die Bänder auch etwas abbekommen haben, kann ich nicht sagen. Da kann nur eine Arthrographie Gewissheit bringen.«

»Wow. Das konnten Sie durch das Abtasten schon erkennen?«

»Ja. Sie haben Glück. Ich bin Orthopäde, wenn ich nicht gerade im Notdienst mitarbeite. Ihr Unfall heute ist also mein Fachgebiet.« Es summte und er holte seinen Pieper aus der Jackentasche. »Ich muss weiter, der nächste Patient wartet. Gute Besserung, Herr Schmidt.« Und ab ging es im Laufschritt zum Hallenausgang.

1

Juli 2018

Sanft bewegten sich die Stofffähn-
chen mit der dicken roten 55 darauf
in dem lauen Lüftchen, das wenigstens ein bisschen Abkühlung an diesem
strahlenden Sommertag nach Tevenhausen brachte. Sie steckten in drei pfiffig
dekorierten silberfarbenen Blumenscha-
len, die wirkten, als wären sie aus Edel-
stahl und nicht aus Plastik. Die Bepflan-
zung in Gelb und Rot symbolisierte die
lippischen Landesfarben und strahlte mit
den roten Tischdecken und den gelben
Sitzpolstern um die Wette. Die drei Bier-
zeltgarnituren, aufgebaut in Ralfs und
Alexandras Garten, waren noch unbe-
setzt, doch auf jedem der Tische zeugte
eine der Schalen von dem besonderen
Tag: Ralfs fünfundfünfzigster Geburtstag.

Alexandra guckte nervös auf die Uhr
und dann wieder zum Gartentor. »Nun
müssten sie aber langsam kommen«,

meinte sie zu Ralf, der gerade aus dem Haus trat, ein Tablett mit 17 Sektgläsern darauf in den Händen.

»Immer mit der Ruhe, sie kommen schon. Es ist gerade erst zehn vor.« Er stellte das Tablett auf der Gartentheke ab. »Möchtest du schon etwas trinken?«

Doch seine Frau schüttelte den Kopf. »Nein, danke. Ich warte, bis alle da sind. Dann können wir gemeinsam anstoßen. Zur Feier des Tages.« Sie legte die Stirn in Falten und guckte ihn mit großen Augen an. »Bist du sicher, dass wir das richtig gemacht haben?«

»Aber Alex, natürlich. Wir haben das doch ganz genau durchgesprochen. Das war die einzige Möglichkeit. Ich lasse diese Vorwürfe nicht auf mir sitzen und diese Leute damit davonkommen. Es ist unsere einzige Chance, unsere letzte Chance, uns zu wehren.« Er ging zu seiner Frau und nahm sie fest in den Arm. »Das wird schon, du wirst sehen.«

Alexandra presste sich dicht an ihn, trat dann einen Schritt zurück, schniefte lautstark und rieb sich mit der Hand über die feuchten Augenwinkel. Im Hintergrund hörte sie Stimmen. Die Gäste. »Mist, schau mal, Ralf.« Sie hob ihm das

Gesicht entgegen. »Irgendwas verschmiert oder muss ich schnell noch mal rein?«

Ralf betrachtete sie mit einem zärtlichen Funkeln in den Augen. »Alles okay.« Er griff nach ihrer Hand und ging mit ihr Richtung Gartentor. »Komm, lass uns feiern. Diesen besonderen Tag. Besonders für mich, besonders für uns und besonders für unsere Zukunft.«

Alexandra nickte und drückte seine Hand. »Auf in den Kampf.«

*

Nach einem langen Arbeitstag im Büro auf dem Weg nach Hause, war Katja Sollig, ihres Zeichens Kriminalhauptkommissarin der Sonderkommission Sozial in Badenhausen, kurz im Hofladen im Nachbardorf vorbeigefahren, um sich mit frischem Obst und Gemüse einzudecken. Nun lenkte sie ihren kleinen grünen Geländewagen über Kalldorf-Mitte hoch zum Winterberg. Die Sonne blendete noch ordentlich durch die Schluchten und sie war froh, dass sie mit Sonnenbrille und heruntergelassener Sichtblende fuhr. Unbewusst wandte sie ihren Blick nach rechts. Der Wald lag schon hinter ihr und sie konnte den parallel verlaufenden Schleichweg über den Eggeberg zum Farmbker Weg sehen. Und stockte. Schnell prüfte sie im Rückspiegel, ob ein Fahrzeug hinter ihr fuhr, dann bog sie zügig nach rechts in den Farmbker Weg, fuhr den Wagen rechts ran, stellte ihn ab, stieg aus und rannte den Weg weiter zum einmündenden Landwirtschaftsweg. Noch im Laufen riss sie ihr Mobiltelefon aus der Jacke und wählte die Nummer der Rettung: 1 – 1 – 2. »Hallo, Katja Sollig hier. Ich melde einen schweren Unfall in Kalletal, Ortsteil Kalldorf auf dem Winterberg, Ecke Farmbker Weg. Landwirtschaftsweg unterhalb des Wasserspeichers. Ein PKW und ein Roller, beide Fahrer verletzt. Moment.«

Sie sprach den älteren Herrn an, der unter Schock an seinem alten Golf lehnte und eine Hand an eine blutige Stelle oberhalb der Augenbrauen presste. »Schauen Sie mich bitte an. Können Sie mir Ihren Namen sagen?«

Der Mann nickte langsam und antwortete ihr.

Katja ging weiter zu dem Jungen und sprach ihn an. Keine Reaktion.

»Hallo? Ein Verletzter, vermutlich unter Schock, und ein Schwerverletzter, nicht ansprechbar und ungewöhnlich verrenkt nach dem Zusammenprall mit dem PKW und dem Sturz vom Roller.«

Sie hörte zu, was die Leitstelle sie fragte und gab bereitwillig Auskunft. »Ja, nebenan ist eine ebene Fläche ... Ja, das geht ... Ich warte.« Sie drückte das Gespräch aus, kniete sich neben den Jungen auf den Asphalt und griff nach seiner Hand. »Halte durch. Hilfe kommt gleich.« Dann ging ihr Blick erneut zu dem Unfallgegner. »Setzen Sie sich ruhig noch etwas in Ihren Wagen. Der Notarzt wird in wenigen Minuten bei Ihnen sein.«

Der Mann senkte den Kopf nur und hob ihn wieder an, doch er rutschte stattdessen an seinem Golf herunter, bis er auf der Spurrille seines Autos auf dem Stoppelfeld zum Sitzen kam und sich gegen die Seite lehnte. »Hat mich nicht gesehen, konnte nicht ausweichen«, krächzte er und schloss die Augen.

*

Juni 1988

Vor Schmerzen verzog Ralf das Gesicht, als ihm der Arzt die lange Nadel in das linke Knie stieß, um das notwendige Punktat für die pathologische Begutachtung zu entnehmen. Er kniff die Augen fest zusammen und versuchte an etwas anderes zu denken, doch es gelang ihm nicht. Ein Knirschen drang an sein Ohr, als die Nadel wieder herausrutschte und sich sein gesamter Oberkörper nebst aller Extremitäten mit Gänsehaut überzog.

»Schon vorbei«, sagte der Facharzt und grinste ihn an. Er rieb das Untersuchungsutensil ab, legte es weg und reichte Ralf ein desinfizierendes Tuch zum Abtupfen der Einstichstelle. Dann drehte er sich mit dem Rollhocker zur Seite und übergab seiner Hilfe die gewonnene Flüssigkeit, damit sie sie in das sterile Röhrchen für das Labor einfüllen konnte.

»Sie können sich dann wieder anziehen. Sie sind fertig. Ich schicke nach der Untersuchung die Ergebnisse an Ihren Unfallarzt.« Er reichte Ralf die Hand, drehte sich um und rollerte zum Arbeitstisch, um sich seinen Notizen zu widmen.

Ralf tat wie geheißen und floh. Raus ins Wartezimmer, wo seine Alex geduldig auf ihn gewartet hatte.

»War es sehr schlimm?«

»Ja«, presste er nur heraus und zog sie hoch. »Komm! Bloß weg hier. Mir reicht's.«

Alexandra öffnete ihm die Praxistür und die Tür zum Ausgang, damit er ohne sein Knie groß zu belasten bis zum Auto humpeln konnte. »Kein Wunder. Das war der vierte Arzt in einer Woche.«

»Ja. Und heute gab es wieder eine Nadel, ganz fies tief ins Knie. Dabei mussten die vorgestern schon eine Spritze mit Kontrastmittel setzen, um diese komische Arthrodingsbums vom Knie machen zu können. Ich bin es aber sowas von leid, weißt du?«

»Ja«, seufzte seine Frau. »Ich versteh dich gut. Wenn ich das dicke Knie sehe, und dann noch die fette Narbe ... da wirst du noch lange deine Freude dran haben.«

»Wohl wahr.«

»Ach«, meinte Alex. »Dieses Dingsbums heißt übrigens Arthrographie. So eine besondere Art zu röntgen. Für die Weichteilstrukturen der Gelenke. Ich hab es im Brockhaus gelesen. Der macht sich langsam echt bezahlt. So viel, wie in der letzten Woche, musste ich noch nie nachschlagen.« Sie hielt ihm die Tür auf und half Ralf beim Einsteigen und Anheben des besonders geschundenen Beins.

»Und weißt du, was der Herr Doktor letztens meinte?«

»Nein, sag!«

»Ich wär' ja noch jung. Das würd' schon wieder heilen. Der hat echt noch nie selbst so einen Unfall gehabt. Ich habe ihn gefragt. Da ist er ganz rot geworden. Und meinte, das wäre auch nur ein Spaß gewesen.«

»Ach, lass ihn doch Witze machen, wenn er wenigstens ein guter Diagnostiker ist. Welchen Verdacht hatte er denn nach dem Röntgen?«

»Auch wieder so ein Arthrodings durch Meniskusriss.«

»Ein anderes Arthrodings? Eine Arthropathie vielleicht?«

Ihr Mann nickte.

»Dann ist das leicht, das stand auch im Lexikon. Das ist eine Gelenkerkrankung. Dann bin ich mal gespannt, ob die Untersuchung heute das bestätigt.«

*

»Scheiße! Verdammte Scheiße!« Laut krachte Stefans Faust auf den Schreibtisch, die losen Blätter stoben auf und der Stifteköcher fiel mit einem Knall von der Platte auf den Fußboden. Erschrocken schaute der Sachbearbeiter der *Berufsgenossenschaft Logistik* auf das Chaos neben seinen Füßen. Er rollte mit dem Bürostuhl ein Stück zurück und beugte sich hinunter, um die Kulis, Filzstifte und Bleistifte wieder einzusammeln. Vorsichtig nahm Stefan die Stiftablage hoch und schob sie mitten auf den Tisch, weit genug weg vom Rand und einem erneuten Sturz in die Tiefe. Dabei fiel sein Blick auf das Schreiben, das seinen Zorn ausgelöst hatte. Eine Strafanzeige. Für ihn. Er keuchte. Niemals. Damit kamen die hier nicht durch. Das würde er sich nicht gefallen lassen. Er nicht. Er kniff den Mund zusammen und fuhr sich durch das schon schütter werdende, hellbraune Haar. Nachdenken, das war jetzt die Devise. Und keine Aufmerksamkeit erregen, sonst wäre das sein Ende. Die anderen durften nicht wissen, was er wusste. Sonst wäre es für ihn vorbei. Also, Stillschweigen. Stefan klaubte die Blätter zusammen und verstaute sie in seiner Aktentasche. Nach Feierabend hatte er genug Zeit. Zeit, sich einen Plan auszudenken. Zeit, die wahren Schuldigen zu demaskieren.

Doch die Aufregung forderte jetzt schon ihren Tribut. Sein Gesicht rötete sich und schon wieder drang ein Keuchen aus seinem Mund. Die Augen brannten, der Brustkorb wollte sich verzweifelt füllen, doch es gelang ihm nicht. Die oberste Schublade, die Erlösung. Ein Griff zu seinem Asthmaspray und tief inhalieren. Langsam beruhigte sich Stefans Atmung wieder, der Puls verlangsamte sich und er konnte klar denken. Heute Abend. Er wusste, was zu tun war.

Es klopfte und er zuckte zusammen. »Ja?«

Claudia Höltkemeyer, diese ach so immer viel zu hilfsbereite Kollegin, steckte den Kopf durch die Tür. »Hier hat etwas gescheppert. Alles in Ordnung bei dir?«

»Ja, ja!« Stefan reagierte unwirsch, bekam sich aber sofort wieder in den Griff. »Entschuldige, Claudia, ich bin gegen die Stifte gestoßen und der ganz Kram ist auf den Boden geknallt. Dieses Zittern im Arm, das nervt einfach. Alles gut, danke, dass du nachgefragt hast.«

Die Kollegin guckte Stefan nachdenklich an, gab sich dann aber mit der Erklärung zufrieden. »Okay, dann bin ich beruhigt. Weiterhin frohes Schaffen«, kicherte sie beim Rausgehen und schloss leise die Tür hinter sich.

*

»Hey, da ist ja die Heldin vom Winterberg. Die Helikopterbändigerin«, rief der Kollege am Empfang in der Dienststelle in Badenhausen Katja zu.

»Tag auch. Woher weißt du das nun wieder?«, gab sie zurück und schüttelte genervt den Kopf. Ihre rotbraunen Locken hüpften und sie blitzte ihn aus ihren grünen Augen an.

Der Kollege griff hinter sich und zog sein Tablet von seinem Arbeitsplatz hervor. »Hier.« Er drehte es so, dass sie den Artikel lesen konnte. »Schon online bei *Badenhausen aktuell*. Denen entgeht nichts. Und deinen Geländewagen erkennt man ja sofort.«

Auf dem Monitor sah sie das Foto von dem gerade startenden Hubschrauber, dem Krankenwagen, Notarzt und Sanitätern. Dann sich selbst, in geduckter Haltung zu ihrem Auto laufend. Ihren beigen Sommerblazer unter dem Arm.

Sie seufzte. »Ja, der Feierabend gestern war ein bisschen kurz. Aber wenigstens ist alles gut gegangen. Der Junge wird wieder gesund und der andere Unfallbeteiligte ist schon aus dem Krankenhaus entlassen worden.« Sie blickte an sich herunter und seufzte. »Nur meine hellbraune Hose gestern, die hat gelitten. Voller Erde und Grasflecken.« Sie zuckte mit den Schultern.

»War das nicht ganz in der Nähe von deinem Häuschen?«

»Stimmt, gut erkannt. Keine zweihundert Meter. Ich war gerade auf dem Nachhauseweg.«

»Meine Güte. So viel zum Thema Ruhe und Frieden. In deiner Ecke kracht es ja öfter ganz bedenklich.«

»Da hast du wohl recht. Das liegt aber an der Todeskurve der B514, die in der Nähe ist. Grenzgebiet zwischen Badenhausen und dem Norden von Kalletal. Das ist noch immer, trotz der Schwellen auf der Fahrbahn, eine Rennstrecke für Motorradfahrer. Und es knallt da jeden Sommer beinahe wöchentlich. Ansonsten rattert es während der Woche wegen der

Kieslaster, die dort lang müssen. Jede Schwelle der Lärm von Abertausenden rumsenden Kieselsteinchen. Die Anwohner haben es wahrlich nicht leicht.«

»Ach, bevor ich es vergesse. Ich habe hier noch einiges an Post für eure Abteilung. Könntest du das bitte mit hoch nehmen?«

Katja griff zu dem Packen, den der Kollege ihr zureichte. »Aber sicher. Mache ich gern. Bis dann.« Sie stoppte. »Und … das mit dem Bericht. Behalt es für dich, ja?«

»Kannste eh nicht verhindern, dass das die Runde macht. Aber ja, ich halt mich dran. Mach's gut.«

Behände stürmte Katja die Treppe zu den Büros ihrer Abteilung hoch, machte kurz halt beim Sekretariat und reichte Kathrin Kramer die Post. »Tag, Kathrin, hab ich dir von unten mitgebracht. Bisschen Arbeit.«

Die Abteilungssekretärin lachte. »Guten Morgen, Katja. Zu früh gefreut. Es ist ein neuer Fall hereingekommen. Der Chef kommt gleich und will uns informieren. In einer halben Stunde geht es los.«

»Schon eine Ahnung, um was es geht?«

»Nein. Strafanzeige, wie immer bei uns. Und Neitmann machte so eine Andeutung, dass es diesmal mit Versicherungen zu tun hat.«

»Versicherungen? Da bin ich aber gespannt. Kann sich dann ja nur um eine der gesetzlichen Sozialversicherungen handeln.« Sie drehte sich um und lenkte ihre Schritte in Richtung ihres Büros. »Bis gleich, Kathrin«, rief sie ihrer Teamkollegin noch zu, bevor sie die Tür hinter sich schloss.

Kriminaloberkommissar Frank Lieme hatte es sich an seinem Schreibtisch bequem gemacht und trank den ersten Kaffee des Tages. »Hallo, Katja, Kaffee ist noch heiß.«

»Nein, danke. Kein Kaffee am Morgen, Frank. Nicht für mich. Müsstest du doch mittlerweile wissen.« Sie stellte ihre Tasche unter ihren Arbeitsplatz, schlenderte zu der kleinen Teeküche, nahm sich stilles Wasser aus der Wasserkiste, füllte den Wasserkocher und knipste ihn an. Der nächste Griff ging zu ihrer Lieblingstasse auf dem Regal und zu den Teebeuteln in der Metalldose darunter.

Der Wasserkocher klackte und Katja hängte sich zwei Beutel ihres geliebten Ingwer-Zitrone-Tees in die Halblitertasse,

um sie mit dem dampfenden Wasser auf-
zufüllen.

»Die Kekse liegen im Schrank«, rief
Frank ihr aus dem Hintergrund zu. »Marina hat letztens welche in Hannover be-
stellt und für die Abteilung gleich einige
Päckchen mehr.«

»Total nett von meinem Schwesterherz.
Die weiß, was gut für uns ist, damit wir
hier ordentlich denken und arbeiten können.«

Marina Lieme, Ehefrau von Frank und
Schwester von Katja Sollig, kannte die
Vorlieben der Kollegen der Sonderkommission Sozial. Wenn sich keiner die Mühe gemacht hatte vom Bäcker vor Ort ein
paar Laugencroissants zu besorgen, dann
waren auch alle mit den Orangenkeksen
zufrieden, die bei den Besprechungen in
einem Glasschälchen auf dem Tisch standen. Nur leider konnte man sie nur noch
selten in Lebensmittelgeschäften finden,
sodass jeder, der im Onlineshop des Her-
stellers etwas ordern wollte, für die Abteilung die beliebten Kekse gleich mitbe-
stellte.

Katja schaute auf die Uhr. Der Tee
hatte genug gezogen. Sie nahm einen Löf-
fel, presste die Flüssigkeit aus dem Beu-

tel und warf ihn in den Komposteimer unter der Arbeitsplatte. Dann füllte sie die knusprigen Kekse in die schon bereitstehende Schale und brachte beides zum Besprechungstisch. Vorsichtig nippte sie am Tee. Mist, zu heiß. Sie stellte die Tasse zurück und marschierte zu ihrem Schreibtisch, nahm Stift und Kladde aus ihrer Tasche und setzte sich dann an den Besprechungstisch, die Beine ausgestreckt und die Füße übereinandergeschlagen.

»Puh, es war heute Morgen schon so heiß draußen, man mag gar nicht rausgehen. Weißt du, weshalb Neitmann uns gerufen hat, Frank?«

»Nein, aber frag ihn selber. Da ist er schon.«

Kriminalrat Bernd Neitmann hob die Augenbrauen, als er durch die Tür trat. »Was wollen Sie mich fragen?«

Frank grinste verschmitzt. »Ach, der Kollegin Sollig ist zu heiß. Sie hofft bei unserer neuen besonderen Kommission wohl auf lange Zeiten im Schatten vor den Akten.«

»Dann habe ich das Richtige für Sie beide.« Der Kriminalrat drehte sich um, trat noch einmal aus der Tür und holte den Aktenwagen herein, der auf dem Gang gestanden hatte. »Hier. Ich habe Ihnen etwas Büroarbeit mitgebracht.« Suchend blickte er sich um. »Ist schon Kaffee da?«

»Aber sicher, Chef.« Frank stand auf und holte Neitmann eine Tasse. »Bitte. Milch und Zucker stehen schon auf dem Tisch.«

»Danke, Frank.« Mit einem Seufzen nahm er am Tisch Platz und trank den Kaffee in kleinen Schlucken. »Das war jetzt wirklich nötig. Ich habe einiges an Informationen bekommen, mein Kopf platzt bald. Details aus dreißig Jahren. Unsere neue Aufgabe. Sobald Frau Kramer da ist, bringe ich euch auf den neuesten Stand.« Er blickte hinter sich, als er ein Geräusch vernahm. »Ah, Frau Kramer. Prima, dann lassen Sie uns beginnen.« Neitmann schob seine Tasse aus dem Weg, griff nach einer der Akten vom Rollwagen, blätterte die oberste Seite mit den Notizen auf, strich sich über die kurzen grau melierten Haare und holte einmal tief Luft.

»So, kurz zusammengefasst: Die Strafanzeige wurde von einem Versicherten eingereicht und richtet sich gegen einen

Sachbearbeiter der Berufsgenossenschaft Logistik, der BGL, also einer der Unfallkassen. Es wird dem Sachbearbeiter vorgeworfen, er hätte bewusst Akten vernichtet, obwohl der Versicherte noch viele Jahre unter den Auswirkungen eines Arbeitsunfalles gelitten hätte. Dies bestreitet die Unfallkasse mit dem Verweis auf fehlende Akten und hat sich geweigert, eine vor dreieinhalb Jahren ausgeführte OP zu bezahlen und Schäden am Knie des Versicherten als Folge des Arbeitsunfalles anzuerkennen.«

»Wieso vor dreieinhalb Jahren? Weshalb kommt das jetzt erst?«, fragte Katja dazwischen.

»Genau, das muss ich noch erwähnen. Der Versicherte hatte damals nach dem negativ beschiedenen Antrag widersprochen, der Widerspruch wurde abgelehnt und dann hat er geklagt. In der ersten Instanz vorm Sozialgericht in Detmold hat er verloren und ging dann in die zweite Instanz, zum Landessozialgericht in Essen. Und auch da konnte er sich nicht durchsetzen, obwohl er ein Gutachten beigebracht hatte, das seine Angaben stützte. Doch das wurde vom Gericht nicht anerkannt, es gäbe keine Unterlagen aus den Achtzigern. Es gab ein Gegengutachten, negativ für den Versicherten. Und das Ende der Geschichte: die Strafanzeige. Soviel in Kürze.«

»Wobei ich nicht verstehe«, hakte Katja nach, »warum das Gerichtsgutachten erst nach dem Privatgutachten kam. Das muss doch eigentlich andersherum sein. Das Gericht folgt dem Amtsermittlungsgrundsatz und gibt ein Gutachten in Auftrag, der Kläger – in diesem Fall – zieht einen privaten Gutachter für den Gegenbeweis zu Rate.«

Neitmann nickte. »Genau. Das ist mehr als ungewöhnlich, aber trotzdem steht es jedem Richter frei, selbst zu entscheiden, wie er ermitteln lässt.«

»Ich verstehe also richtig, in der ersten Instanz gab es kein Gutachten, in der zweiten dann aber gleich zwei? Zuerst das vom Berufungskläger, dann das vom Gericht in Auftrag gegebene?« Frank runzelte die Stirn.

»Richtig, Herr Lieme. Wobei … in der ersten Instanz gab es von der Berufsgenossenschaft eine Begutachtung einer Ärztin. Aber die war nur nach Aktenlage. Das erschien dem Gericht ausreichend.«

Kathrin hob die Hand. »Nach Aktenlage? Ich hab das so verstanden, dass es keine Unterlagen mehr gab.«

»Gut erkannt, Frau Kramer. Und weil das alles so ein Durcheinander ist, und weil wir dazu da sind, solchen Strafanzeigen nachzugehen, hat die Staatsanwaltschaft uns den Auftrag zur Ermittlung erteilt.« Der Kriminalrat schob den Rollwagen in die Mitte des Raumes. »Bitte sehr, meine Herrschaften, hier Ihre Unterlagen für das Aktenstudium.« Er nahm einen letzten Schluck von seinem Kaffee und stand auf. »Sobald Sie sich eingearbeitet haben, rufen Sie mich an und wir besprechen das weitere Vorgehen. Viel Vergnügen.« Und schon war er wieder aus der Tür.

»Na wunderbar.« Katja seufzte vernehmlich. »Wenigstens brauchen wir nicht raus in die knallige Sonne.«

*

Stunden der Recherchearbeit zogen sich zäh dahin, während die Stille nur durch das sanfte Umblättern der Seiten, das Kratzen der Stifte auf den Blöcken und gelegentliches Aufseufzen der Drei der

Sonderkommission Sozial unterbrochen wurde.

Doch dann schmetterte Kathrin Kramer ihren Stift zur Seite, schlug den Ordnerdeckel zu und spazierte mit einem lapidaren »Ich muss mal an die frische Luft« für eine kleine Pause aus dem Büro. Derweil ging Katja zum Fenster, um für ein wenig Durchzug zu sorgen. Sie beugte sich aus dem Fenster und knallte kurze Zeit später den Flügel wieder zu. »Hat keinen Zweck. Draußen steht die Luft. Hast du irgendwo einen Ventilator, den wir aufbauen können?«

Frank schüttelte den Kopf. »Frag lieber Kathrin, wenn sie gleich zurück ist. Die müsste eher wissen, wo sie hier im Haus so ein Teil organisieren kann. Mach doch die Tür und das Fenster auf, dann gibt es erst mal etwas Durchzug.«

»Okay.«

»Ist euch warm?« Kathrin war durch die offene Tür getreten, und wedelte gut gelaunt mit einer Brötchentüte. »Ich habe uns etwas mitgebracht, das lenkt sicher ein wenig ab.« Aus der Teeküche holte sie den Korb und schüttete den Inhalt der Tüte hinein.

Katja schaute ihr über die Schulter. »Oh, Kathrin, Laugencroissants. Himmlisch. Wenn du uns jetzt noch einen Ventilator besorgen könntest? Ich kümmere mich dann auch um den Kaffee für Frank und dich.«

»Klar, mache ich. Im Sekretariat steht noch einer, der wird nicht gebraucht. Dann beeil dich mal mit dem Kaffeekochen, bin gleich zurück.« Und schon war sie wieder aus dem Büro marschiert.

Bei ihrer Rückkehr stand die Kaffeekanne schon auf dem Tisch, die Tassen waren gefüllt, die Teller gedeckt und Katja hatte auch schon einen Platz für den Ventilator freigeräumt. »Stecker rein, anstellen und auf geht's.« Leise surrte der Lüfter nun vor sich hin und drehte sich hin und her, um wenigstens ein bisschen Luft umzuwälzen.

»So, lasst uns in Ruhe aufessen und dann geht es los, unsere Ergebnisse vom Aktenstudium zu vergleichen.« Die Hauptkommissarin wandte sich an ihren Kollegen. »Du kannst mit den medizinischen Unterlagen beziehungsweise denen von der Unfallkasse anfangen, Frank. Ich werde dann mit den Gerichtsakten weitermachen und du, Kathrin, trägst dann die Berichte vor, die zu der Strafanzeige eingereicht wurden. Das ist der größte Batzen, soweit ich gesehen habe, dann kannst du auch vergleichen, ob es Unterschiede in den verschiedenen Akten gibt.«

»Ja«, stimmte Kathrin zu. »Da bin ich auch gespannt, denn mir erschien alles doch recht eindeutig. Den Berichten nach zu urteilen.«

»Warten wir es ab. Alle fertig?« Katja schaute in die Runde und betrachtete den leeren Brotkorb und die Krümel auf den Tellern. »Okay, dann lasst uns anfangen. Ich räume gerade ab. Frank, du kannst schon mal die Tafel vorbereiten.«

*

15. Juni 1988

»Warte mal, Alex. Könntest du mir bitte den Verband feststecken? Ich komme da so nicht dran.« Ralf rieb sich die Hände mit den Resten der Salbe am Handtuch ab, lehnte sich im Sessel etwas vor und reichte seiner Frau Alexandra die Packung mit dem Verbandmull und den Klemmen. »Danke. Ich bin das so leid, mit diesem ewigen Herumgehänge. Hoffentlich darf ich das Knie bald wieder belasten.« Er ruckelte das Bein auf dem Sitzhocker zurecht und brachte sich in eine bequemere Position.

Alexandra Schmidt schüttelte nur den Kopf und legte fachmännisch den Verband an. Gelernt ist gelernt. »Lass das mal lieber richtig ausheilen. Nicht dass da noch etwas mit den Bändern ist, dann kriegste hinterher richtig Probleme.«

»Hast ja recht. Aber es ist so elendig langweilig, wenn man so viel rumhängen muss. Es gäbe genug zu tun.«

Alexandra horchte auf. »Da ist jemand, oder?« Und schon klingelte es an der Tür. »Oh, bitte, keine Bibelforscher. Ich habe heute keine Lust auf lange Diskussionen.« Sie legte die Verbandverpackung auf den Wohnzimmertisch und lief zur Tür, um zu öffnen. Durch die milchige Türverglasung konnte sie drei Personen erkennen. Mit einem Seufzen öffnete sie. Und wurde überrascht.

»Frau Schmidt?«

»Ja?«

Der Fremde reichte ihr die Hand. »Ich bin Norbert Bunte, ein Kollege Ihres Mannes und der Sicherheitsberater im Unternehmen.« Er zeigte auf seine Begleiter. »Die beiden Herren sind von der

Berufsgenossenschaft. Ist Ralf zu Hause? Wir müssten ihn wegen des Unfalls befragen.«

»Natürlich ist er da. Wo sollte er auch derzeit hin? Das Knie ist ja noch nicht wieder ganz in Ordnung. Und Sie sehen ja, der Aufgang hier hoch ist recht steil, da vermeidet er jeden unnötigen Weg.« Alexandra trat zur Seite und zeigte in die Deele. »Kommen Sie doch rein. Ich sage Ralf gerade Bescheid. Einen Moment.«

Alexandra huschte den Flur entlang zum Wohnzimmer und sprach leise mit Ralf, bevor sie wieder in den Vorraum zurückkam. »Dann kommen Sie doch bitte. Ralf sitzt in der Stube. Es ist gerade Zeit für die neuen Packungen. Wir sind aber schon fertig mit dem zweiten Knie.« Sie ging voraus und hielt den Gästen die Tür auf. »Sie können sich gerne schon aufs Sofa setzen. Möchten Sie etwas zu trinken? Kaffee? Oder Wasser?«

Der Ältere von der Berufsgenossenschaft bejahte. »Gerne. Ein Kaffee wäre nett. Und du, Junge?« Sein Kollege nickte verschämt. »Auch. Ja, danke.«

»Dann nehme ich auch einen«, meinte der Sicherheitsbeauftragte, begrüßte seinen Kollegen und nahm schon mal Platz.

»Komme sofort wieder.« Alexandra nahm die Verbandsutensilien und die Salbentube vom Tisch und verschwand Richtung Küche.

»Hübsches Häuschen haben Sie hier. Eigentum?«, fragte der BG-Mann.

»Ja.« Ralf grinste voller Stolz. »Es ist noch viel zu tun – Keller, Erdgeschoss, Dachgeschoss und Spitzboden –, aber ja, es gehört uns. Okay, noch nicht ganz. Aber in einigen Jahren.« Die Runde lachte.

»Weshalb wir hier sind ... Ach, Moment. Behrens, du schreibst mit, ja?« Er wandte sich wieder an Ralf. »Der Stefan Behrens ist noch ganz neu bei uns und assistiert mir, um die Abläufe kennenzulernen. Das ist Ihnen doch recht?«

Ralf nickte. »Aber sicher.«

»Gut. Dann fangen wir mal an.«

Im selben Moment kam die Hausherrin mit den Kaffeetassen, der Kanne sowie Milch und Zucker in Porzellangefäßen auf einem Tablett durch die Tür und stellte es auf dem Wohnzimmertisch ab. Sie verteilte die Tassen und schenkte den Gästen, ihrem Mann und sich selbst ein. »Dann fragen Sie mal, meine Herren.« Sie zog einen Notizblock unter dem Tablett hervor und setzte sich auf einen der freien Stühle neben dem Esstisch. »Ich bin ganz Ohr.«

Empört funkelte der Sachgebietsleiter der BG Alexandra Schmidt an. »Wollen Sie etwa auch mitschreiben?«

Alexandra nickte. »Aber sicher. Ich mache mir ein paar Notizen für die Unterlagen. Wissen Sie, ich hab das gern komplett. In ein paar Monaten kann man sich vielleicht nicht mehr so gut erinnern.«

Ralfs Kollege, der Sicherheitsbeauftragte, nickte. »Macht Sinn, Frau Schmidt.« Und zu Ralf gewandt: »Fitte Gattin hast du. Die denkt mit.«

Ralf schmunzelte nur. »Ich weiß, Norbert.«

»Nun denn«, meinte der BG-Mann und nahm einen Schluck aus der Tasse, bevor er sie wieder abstellte. »Herr Schmidt, wir waren heute Vormittag in der Firma und haben uns Ihren Arbeitsplatz und den Unfallort angeschaut. In den nächsten Tagen bekommt die Geschäftsleitung ein Protokoll mit den Sicherheitsvorkehrungen, die zukünftig eingehalten werden müssen, damit so etwas nicht noch einmal vorkommt«, meinte er mit Blick zu Ralfs Kollegen. »Arbeitswege sind nun mal im-

mer frei zu halten. Arbeitsschutzmaß-
nahme Nummer eins.« Er kramte ein
paar Fotos aus der Mappe, die er mitgebracht hatte. »Das sind die Bilder vom
Unfallgeschehen. Herr Bunte war so nett
und hatte sie direkt nachdem Sie zum
Unfallarzt gebracht wurden von Ihrem
Arbeitsplatz gemacht, um den Vorfall zu
dokumentieren.« Er zeigte auf das erste
Foto mit dem Rollenband im Hintergrund
und dem Verpackungsmaterial davor.
»Können Sie mir bitte erläutern, was genau an dem Mittag vorgefallen ist?«

Ralf griff nach dem Bild und schaute es
sich im Detail an. »Hm, es sieht ein wenig
anders aus, glaube ich.« Er zeigte mit dem
Finger auf die Packbänder. »Als ich da
über die Verpackung gestiegen bin, konnte ich die Plastikbänder gar nicht sehen.
Ich bin also hier drübergestiegen und
dann mit den Schuhen auf dem Band ge-
rutscht, mit dem Fuß an dem Pfeiler da
hängen geblieben, hab mir das Knie ver-
dreht und bin mit beiden Knien auf die
Metallkante der Rollenbahn gestürzt.
Hier links ...«, er wies auf sein Knie, »...
da kann man das noch sehen. Das wird
wohl eine hübsche Narbe geben, meinte
der Unfallarzt.«

Kollege Bunte schaute nur kurz hin und dachte für sich: »Au«. Dann blickte er schnell zu Alexandra, zeigte auf die Kaffeekanne und flüsterte ihr zu: »Dürfte ich mir noch eine Tasse einschenken?«

Alexandra nickte. »Klar, bedienen Sie sich ruhig.«

Der Assistent, Stefan Behrens, unterbrach seine Mitschrift, zog die Brauen hoch und hob den Kopf. »Darf ich etwas fragen?« Sein Vorgesetzter stimmte zu. »Klar, Junge, mach nur. Willst ja was lernen«, meinte er jovial und klopfte ihm auf den Rücken. Behrens schüttelte sich unmerklich.

»Mir fällt auf, dass die Narbe links ist. Wie kann das sein? Man steigt doch üblicherweise mit rechts über ein Hindernis. Dann wären Sie mit rechts ausgerutscht, mit rechts hängen geblieben und dann mit dem rechten Knie stärker auf die Kante gefallen.«

Ralf Schmidt nickte. »Genau, das wäre üblich. Aber ich bin Linkshänder, ich nutze immer zuerst das linke Bein.«

*

Frank stand vor der Tafel und notierte den Namen *Ralf Schmidt* auf der weißen Fläche. »Das ist der Versicherte, der die Strafanzeige gegen ...«, er schrieb *Stefan Behrens* an, »den Sachbearbeiter der BG Logistik eingereicht hat. Es geht um einen Arbeitsunfall aus dem Jahr Neunzehnachtundachtzig.« Das Datum mit Tag, Monat und Jahr stand nun an der Tafel. *30. Mai 1988.*

»Ralf Schmidt hatte damals als Handelsfachpacker bei einem Versandunternehmen gearbeitet. Die Firma ist schon vor 15 Jahren insolvent gegangen. Da können wir also keine Informationen mehr bekommen. Die zuständigen Vorgesetzten und leider auch ein Zeuge sind schon verstorben. Also auch niemand mehr, den wir befragen könnten.« Frank strich das Wort *Zeugen* gleich wieder quer durch.

»Als weitere medizinische Unterlagen waren in der Akte der BGL die Meniskus-OP von Ralf Schmidt bei Dr. Bockermann und ein Bericht einer Dr. Heldt, die das Widerspruchsschreiben mit den anliegenden Kopien bewertet hat. Zum Unfall selbst gibt es keine Originaldokumente, in der Akte ist nur der Vermerk, dass nichts

aufzufinden ist und zehn Jahre nach einem Ereignis die Daten gelöscht werden.
Oder in dem Fall wohl, die Papiere vernichtet, denn damals wurde noch nicht
digitalisiert.« Frank räusperte sich.

»Seit 1988 hat die BG zweimal mit
Partner-Unfallkassen fusioniert, was sicher auch dazu beigetragen hat, dass in
den Archiven nichts mehr zu finden ist.
Die Einschätzung ging also allein von
dem Sachverhalt aus 2014 aus, als Ralf
Schmidt für die Kasse den Vorfall noch
einmal schildern sollte, er dies aber wohl
nicht so umfangreich gemacht hat, wie
später bei den Gutachtern.«

»Und warum?«, fragte Katja nach.
»Ach, nee, warte. Ich kann mich erinnern.« Sie blätterte in ihren Notizen.
»Hier steht es. Das war eine Eingabe der
Anwältin. Sie hat dem Gericht mitgeteilt,
dass beim erneuten Ausfüllen des Unfall-
fragebogens in 2014 dem Kläger nicht bekannt war, dass die BGL keine Unterlagen mehr zu dem Vorfall damals hatte,
darum habe er die Liste nicht so detail-
liert ausgefüllt.«

»Richtig. Darauf wurde vor Gericht
aber nicht eingegangen. Ich habe noch die
Gutachten hier vorliegen, beide aus dem

Berufungsverfahren. Da sind nur hand-
schriftliche Verweise auf die Diskrepan-
zen, aber das ist eigentlich schon alles.
Wie gesagt, zu dem Unfall selbst gibt es
von damals aus den Achtzigern nichts in
den Akten, nur zum Widerspruchs- und
dann dem Klageverfahren. Und da möchte ich dir jetzt nicht vorgreifen, Katja.« Er
legte seinen Stift vor die Tafel und holte
sich ein Glas Wasser, bevor er sich wieder
an den Besprechungstisch setzte.

Katja stand auf und stellte sich mit ihren Notizen vor die Wand, nahm einen
grünen Marker aus dem Halter und
schrieb das Wort *Gericht* links auf die
Seite. Mit Franks blauem Stift schrieb sie
BGL darüber. Hinter Franks Anschrift
machte sie jeweils einen Haken in Grün.
»Das konnte ich in der Gerichtsakte auch
finden. Klar, den Namen, den Beruf und
so, die OP-Berichte und die Gutachten.
Dann diverse Anschreiben an Ärzte, die
Ralf Schmidt in den letzten Jahren behandelt hatten. Einige waren schon verstorben, wie der Unfallarzt, die konnten
also nicht antworten. Andere gingen nicht
präzise auf die Fragen des Gerichts ein,
die Antworten waren meines Erachtens
nicht verwertbar und dann gab es noch

Kopien aus den alten Patientenakten des Unfallarztes von damals. Zumeist schon durch Ralf Schmidt zur Kenntnis gebracht, ein paar jedoch auch von einem Orthopäden, der die Unfallpraxis übernommen hatte.« Sie schrieb die Stichpunkte und die Namen der Ärzte sowie Monat und Jahr der Berichte an die Wandtafel.

»Ansonsten findet sich in der Akte der übliche vom Gericht weitergeleitete Schriftverkehr zwischen Kläger und Beklagter, die Klageschrift und die jeweiligen Stellungnahmen. In der ersten Instanz noch vom Kläger selbst formuliert, im Berufungsverfahren dann von seinem Rechtsbeistand. Zusammengefasst in Kürze: der Kläger betont die Schwere des damaligen Arbeitsunfalls mit Auswirkungen bis heute, die Beklagte negiert sie und sieht keine Verbindungen von den Knieproblemen heute mit dem Sturzhergang am Arbeitsplatz damals. Dahingegen sieht der Privatgutachter«, sie schaute auf ihre Notizen, »Professor Gerber von der Ansgarklinik hier in Badenhausen nach Auswertung aller Unterlagen sowie eigener Untersuchungen einen deutlichen Zusammenhang, während der nachträglich vom Gericht beauftragte Gutachter dies verneint und eher auf ihm unverständliche Abläufe in 1988 hinweist, die für ihn ein Anzeichen sind, dass der Unfall keine größeren Beschwerden verursacht hatte. Er sah es als bewiesen an, dass der Kläger erst eine Woche nach dem Unfall einen Arzt zu Rate gezogen hatte.«

Frank riss die Augen auf. »Echt? Wie kommt er denn dadrauf?«

»Eine der Kopien hatte da wohl einen Hinweis. *Unfall vor einer Woche.* Das hatte er wohl zum Anlass genommen, den Kläger einer Lüge zu bezichtigen. Die Antwort des Klägers darauf war aber eindeutig. Er erläuterte, dass es sich um eine Kopie bzw. einen Durchschlag gehandelt habe. Damals hat man ja noch mit Kohlepapier und mehreren Durchschlägen gearbeitet. Und auf dem Blankopapier stand nicht immer der vorgedruckte Text des Originalpapiers. Wir hatten damals auch noch Schreibmaschinen und Berichte mit Durchschlägen. Das kann also passen, wie der Kläger den Vorwurf zu entkräften versucht hat.« Katja legte den Stift wieder weg. »Du machst am besten jetzt weiter, Kathrin. Wenn es noch Dinge gibt, die wir genauer nachprüfen müssen, dann sollten wir das nachher, wenn wir alles zusammenführen, machen. Sonst sitzen wir hier noch ewig. Die Puzzlestücke fügen wir lieber direkt zusammen. Einverstanden?«

Ihre Kollegen nickten, Kathrin kam nach vorn, während Katja sich hinsetzte, und griff nach dem roten Stift. Sie schrieb als erstes *Strafanzeige* in Rot an die Seite und versah ebenfalls Franks Stichwörter mit einem Haken.

»Ralf Schmidt, besser gesagt seine Anwältin, hat nicht noch einmal alle Unterlagen der Strafanzeige gegen *Stefan Behrens*«, sie unterstrich den Namen an der Tafel, »beigefügt, sondern nur eine Liste mit den Nummern der Schriftstücke, auf die sie sich beruft. Ich würde sie mir gerne später noch einmal durchlesen, Katja.« Ihre Vorgesetzte stimmte lautlos zu. »Was aber der Anzeige beiliegt, ist eine Chronologie der Vorfälle zwischen 1988 und 2014, dem Jahr der OP. Mit allen Arztterminen, den dazugehörigen Berichten, mit den Terminen von Krankmeldungen und den Diagnosen, mit weiteren neuen Beweisen und alten, die im Gerichtsverfahren keine Beachtung fanden.«

»Warum habe ich das bei den Unterlagen von der BGL nicht gefunden?«

»Ich habe keine Ahnung, Frank. Laut dem, was ich hier gelesen habe, hatte die BGL diese Informationen auch. Es gibt hier eMails und Telefaxe von Ralf Schmidt mit Schreiben an den Sachbearbeiter Stefan Behrens von der BG Logistik. Ach, ebenso gibt es eine Auflistung der Argumente von Beklagter, BG-Beratungsärztin und Gerichtsgutachter mit der Gegenüberstellung der Gegenargumente des Klägers Ralf Schmidt aus den Sozialgerichtsverfahren.«

»Das sollten wir überprüfen, aber von der Idee her ist das genial und erspart uns einiges an Arbeit.« Katja wies auf Kathrins Platz. »Setz dich ruhig wieder. Wir sollten erst einmal besprechen, wie es nun weitergeht.«

Frank hob seinen Zeigefinger und tippte sich auf die Unterlippe. »Wie genau lautet denn nun der Vorwurf gegen Stefan Behrens, Kathrin?«

»Ihm wird Verwahrungsbruch im Amt und Prozessbetrug vorgeworfen. Somit war es dem Gericht nicht möglich, seinem Amtsermittlungsgrundsatz vollumfänglich nachzukommen.«

»Kannst du mir das mal übersetzen?«
Frank klatschte verzweifelt mit seinen
Händen auf die Tischplatte. »Ich versteh
diese Fachbegriffe nicht.«

Kathrin schaute zu ihrer Vorgesetzten.
»Willst du?«

»Ganz einfach, Frank«, erläuterte die.
»Wenn die Akte nicht ordentlich geführt
wurde und wesentliche Unterlagen fehlen, dann kann das Gericht nicht zu den
richtigen Schlüssen kommen. Sie verlassen sich auf die Akten und entscheiden
anhand der Berichte. Die Akten sind also
die Grundlage. Amtsermittlung, oder ich
sag besser mal die Ermittlung des Sach-
verhaltes in einem Streit durch das Gericht, findet anhand der vorliegenden Berichte statt. Fehlen welche, kommt es
möglicherweise zu einem falschen Eindruck und der oder die Vorsitzende verzichtet vielleicht auf weitere Gutachten,
weil die Akten eindeutig erscheinen.«

»Aha.« Frank schaute skeptisch.

»Noch nicht verstanden?«

»Doch. Irgendwie schon. Das Gericht
liest die Akten, ermittelt weiter oder
nicht. Akten falsch, Entscheidung falsch.
So in etwa?«

»Ja, genau so.« Katja lachte. »Und jetzt lasst uns weiter ermitteln. Und rausfinden, warum Ralf Schmidt der Meinung war, die Akten zu seinem Fall wären frisiert gewesen.«

2

August 2018

Der kleine Tropfen kroch langsam die Stirn hinunter und bahnte sich seinen Weg zur Nasenwurzel. Schon verfing er sich in den hellen Augenbrauen und konnte sein fieses Werk nicht vollenden. Doch dann ging ein neuer, mieser Schweißtropfen auf die Reise, um sein Ziel zu erreichen. Millimeter um Millimeter kam er vorwärts, suchte die zarte Falte zwischen den Brauen und könnte in Kürze den Schaden anrichten, den Millionen und Abermillionen seiner Gefährten zu dieser Jahreszeit in Angriff nahmen.

Fasziniert sah Katja Sollig dabei zu, wie der kleine Tropfen vorwärts kroch und ihren Kollegen, Kriminaloberkommissar Frank Lieme, in Kürze quälen würde. Denn der bekam gar nichts mit, sondern war völlig in die Unterlagen vertieft, die ihr Team vom Chef zum Prüfen bekommen hatte.

»Vorsicht, Frank, der Schweiß läuft dir gleich in die Augen. Das brennt.«

Panisch riss Frank die Hand hoch und tupfte sich mit dem schon bereitliegenden Stofftaschentuch die Stirn ab. »Diese elende Hitze. Ich halt das nicht mehr lange aus, wenn es weiter so heiß ist. Danke, Katja.«

»Ja, mir reicht es auch – schon lange. Der heißeste Sommer seit Jahren, oder Jahrzehnten? Ich habe Berry Vitusek von *Radio Lippe* nicht so genau zugehört. War mir zu warm.« Katja kicherte, rieb sich selbst mit dem Unterarm über das Gesicht und blickte wieder zu Frank. »Was sagst du zu dem Fall, den uns Neitmann gegeben hat? Wollen wir vor der Besprechung übermorgen noch ein paar Infos einholen, oder bist du schon sicher, dass er in unser Ressort fällt?«

»Ich finde, wir sollten den Behrens heute Nachmittag besuchen, um uns erst selbst ein Bild von ihm zu machen. Und von der Berufsgenossenschaft. Mit Versicherungen hatten wir, seit es unsere Kommission gibt, noch nie zu tun. Ein erster Einblick wäre da nicht verkehrt.«

Katja nickte. »Ja, sehe ich auch so. Termin steht auch schon. Um zwei heute Nachmittag warten die in Bielefeld auf uns. Der Kriminalrat hat auch schon zugestimmt.«

»Sag mal.« Frank verzog beleidigt das Gesicht. »Was fragst du mich denn, wenn du eh schon alles entschieden hast?«

»Weil ich als Leitung entscheide, mir deine Meinung aber wichtig ist. Und ich bin froh, dass du mir zustimmst. Los, leg die Dokumente zur Seite und komm mit zum Essen. In der Kantine ist es schön kühl.«

Prompt sprang Frank auf, sein Stuhl rollte bedenklich schnell nach hinten und stoppte kurz vor dem Aktenschrank. »Upps, gerade noch einmal gut gegangen.«

»Ja, man sieht, du hast noch viel mehr Energie in dir drin, als man meinen sollte. Trotz dieser unsäglichen Hitze hier im Büro. Komm, lass mal schauen, was heute auf dem Speiseplan steht. Ich wäre ja für Donauwellen zum Nachtisch.«

»Echt jetzt? Die lächeln mich aber so gar nicht an.«

»Och, bei mir grinsen die Kirschbäckchen in den Kuchenstücken über das ganze Gesicht. Und dann dieser cremige Schokodeckel. Mmh, ein Gedicht.«

»Dir ist schon klar, dass es draußen heiß ist?« Frank verzog leicht angewidert das Gesicht.

»Kuchen aus der Kühlung geht immer, oder etwa nicht?«

Frank blickte an seinem Körper herunter. »Nee, wohl eher nicht«, und brachte Katja damit zum Lachen.

»Dann für dich einen frischen Salat mit Tomaten und Mozzarella?«

Ihr Kollege riss die Augen auf. »Sehr gut. Das kommt mir geschmacklich entgegen. Bist du sicher, dass es das heute in der Kantine gibt, oder willst du mich nur fertigmachen?«

»Ach, Frank. Ich doch nicht. Ich habe heute Vormittag schon einmal reingelinst. Es stand auf der Tafel im Vorraum.«

»Ja! Der Tag ist gerettet. Du Kuchen, ich Mozzarella und Tomaten. Was will der gestresste Kriminalbeamte mehr?«

»Einen geklärten Fall.«

*

Der Weg nach Bielefeld hätte eine Qual sein müssen. Hätte … bei der Hitze. Doch zum Glück hatte Frank einen der neueren Dienstwagen ergattern können – mit Klimaanlage – und die Dreiviertelstunde über Herford in die Bielefelder Innenstadt war erstaunlich angenehm gewesen. Kein Vergleich zu dem ältlichen kleinen Geländewagen, den Katja ihr Eigen nannte. Robust war er, und wunderschön dunkelgrün, doch noch recht vorsintflutlich bei der technischen Ausstattung. Zum Kühlen musste es reichen, einfach die Fenster herunterzufahren. Da war es ganz und gar himmlisch, nun neben Frank den Weg über die Landstraße zu genießen. Sie atmete die frische Luft im Wageninneren, die sanft den Schweiß auf ihrer Haut trocknete und die dünne khakifarbene Baumwollhose endlich als geeignete Bekleidung für den heutigen Tag auszeichnete. Am großen Postverteilzentrum in Herford waren sie schon vorbei, den berühmten Reiterhof hatten sie auch schon links liegen gelassen. So weit dürfte es eigentlich nicht mehr sein. Gemütlich rückte sie sich auf ihrem Beifahrersitz zurecht und genoss die vorbeirauschende ostwestfälische Landschaft.

»Weißt du, wo genau du hinmusst?« Katja blickte zu Frank rüber, der angestrengt auf das Navi schaute und dann wieder die Augen auf die Straße richtete.

»So in etwa. Durch dieses komische Gerät steige ich nicht ganz durch. Warum müssen nur all diese Teile anders aussehen? Da braucht man ja jedes Mal einen Kursus, bevor man kapiert, wie die Dinger ticken.«

Katja klappte die Akte auf. »Turnerstraße. Das ist irgendwo in der Innenstadt, oder?«

»Ja, schon, aber wieder Richtung Bethel raus. Echt schade, dass es auf der A2 mal wieder einen Stau gibt. Über Bielefeld-Ost und die Detmolder zur Innenstadt wäre es viel schneller gegangen.«

»Drum sei froh, dass wir den Dienstwagen haben. Und das hypermoderne Navi. Ich wäre mit meinem Toyota sicher seelenruhig in den Stau gefahren, weil ich den wieder zu spät mitbekommen hätte.« Katja streichelte dem jungen Wagen sanft über das Armaturenbrett. »Brave Kiste«, flüsterte sie.

Frank schüttelte nur den Kopf. »Du solltest dir wirklich bald Gedanken über ein neues Auto machen. Allzu lange wird er nicht mehr durchhalten. Wie alt ist er jetzt?«

»Dreiundzwanzig, so in etwa.«

»Dann wird es aber mal Zeit, findest du nicht?«

»Nö, absolut nicht. Ich warte ab, bis dass der TÜV uns scheidet. Und das kann noch dauern. Wertarbeit, wenn auch aus Japan.« Katja zwinkerte ihrem Schwager und Kollegen zu und deutete plötzlich erschrocken nach vorne. »Das gibt es doch nicht. Jetzt sag nicht, da vor uns ist auch ein Stau?«

»Ja, leider.« Frank seufzte und bremste den Wagen vor einer roten Ampel ab. »Ich hab ja gehofft, wir kommen noch rechtzeitig daran vorbei, doch seit die hier die Arbeiten für die neue Fahrbahndecke der Landstraße vorbereiten, ist immer mal wieder ein Stück gesperrt. Hilft nichts, da müssen wir wohl durch.«

»Machen die das in Bielefeld nun Badenhausen nach? Bald jede Straße eine Baustelle und kein Durchkommen mehr?«

»Jo, du hast es erfasst. Ich habe mir vorher auf der Seite vom Lokalradio den Baustellenüberblick durchgelesen. Und weißt du wie viele derzeit gemeldet sind? Nein?« Frank holte tief Luft. »Acht. Und mindestens noch zweimal so viel kommt ab September/Oktober noch dazu. Die spinnen doch. Biste durch eine Baustelle heile durch, da kommt schon die nächste. Stopp und weiter, stopp und weiter. Und das haben die sich sicher in Badenhausen abgeschaut.« Er stockte kurz und meinte dann: »Soll nicht im Herbst das Teilstück der A30 endlich eröffnet werden? Ich hab da so was läuten gehört.«

»Das glaub ich erst, wenn ich die Nordumgehung langfahre. Vorher nicht.« Katja blickte zur Ampel. »Hey, Frank, grüner wird's nicht.«

Der Kriminaloberkommissar nickte, gab Gas und schaute kurz auf die Zeitangabe des Navigationsgerätes. »Weit ist es nicht mehr. Noch fünfzehn Minuten, dann haben wir es geschafft.«

*

Sommer 1990

Alexandra reichte es. Sie griff nach dem Telefonapparat, zog vorsichtig an der Schnur und stellte ihn vor ihren Mann auf den Esstisch. »Entweder du rufst jetzt deinen Zugführer selbst an oder ich melde dich vom Sanitätsdienst dieses Wochenende ab. Wenn das so weitergeht, wird es mit deinem Bein nie besser.« Sie fasste vorsichtig an das geschwollene Knie. »Hier, fühl doch mal, immer noch ganz heiß.«

Aber Ralf sträubte sich. »Ich kann doch nicht schon wieder fehlen. Mensch, Alex, das ist Bundeswehr-Ersatzdienst. Ich fahr doch dieses Wochenende nur den Rettungswagen und muss mich nicht groß bücken oder hinknien. Das geht schon irgendwie.«

»Und wie soll das Knie wieder abschwellen? Du musst es hochlegen und Wickel drum machen. Diese geknickte Haltung auf dem Fahrersitz, das tut nicht gut.«

»Und wenn ich endlich den Einzugsbefehl von der Bundeswehr habe? Das gibt doch Probleme, bei so vielen Fehlstunden.«

»Ach, Ralf.« Alexandra seufzte laut. »Meinst du wirklich, dass das mit der Bundeswehr noch etwas wird? Gerade jetzt, wo du nach dem Unfall damals so Probleme mit den Knien hast? Ich glaube nicht, dass sie dich noch ziehen werden. Du musst sehen, dass du irgendwie heil aus der Sache mit dem Sanitätsdienst rauskommst. Du bist einfach nicht voll einsatzfähig, das müssen deine Vorgesetzten doch auch sehen. Und in der Firma? Das kannst du Montag auch vergessen. Diese Lauferei den ganzen Tag, das geht zurzeit nicht.«

Ralf stellte die Ellenbogen auf den Tisch und legte den Kopf in den Händen ab. »Aber Alex ... Schon wieder krankschreiben lassen? Das gefällt mir alles nicht.«

»Eben. Deshalb rufst du jetzt den Zugführer an und meldest dich krank.« Sie hob den Hörer ab, reichte ihm das tutende Teil und schob die Wählscheibe zu ihm hin. »Hier.«

Ralf drehte sich zum Apparat und drückte sich mit dem geschwollenen Bein in die richtige Richtung. »Au!«, zischte er durch die Zähne und presste die Augen zusammen. Dann holte er tief Luft. »Sag mal die Nummer an. Du hast ja recht.«

*

Zehn vor zwei bog Frank auf den Dienstparkplatz der Berufsgenossenschaft an der Turnerstraße ein und holte erst mal tief Luft. »Meine Güte. Die spinnen, die Bielefelder. Ab sofort werde ich nie wieder über das Baustellenmanagement in Badenhausen meckern. Niemals wieder, versprochen.«

Katja kicherte leise. »Ich werde dich erinnern, wenn du mal wieder auf der Kanalstraße festsitzt.« Sie piekte ihrem Kollegen verspielt in die Seite und schnappte sich ihre Tasche vom Rücksitz. »Los, komm! Lass uns reingehen. Es wird Zeit.«

»Wie hieß noch mal der Typ, zu dem wir müssen?«

Katja guckte ihren Kollegen strafend an. »Also, ehrlich! Schon so vergesslich? Zu wenig Schlaf, was?« Sie kiekste. »Behrens. Stefan Behrens. Sein Büro ist ganz oben und du bekommst jetzt die Gelegenheit, mit einem besonderen Aufzug zu fahren.«

»Ein besonderer Aufzug? Was soll das denn sein? So ein superschneller Turboflitzer?« Frank schätzte die Gebäudehöhe ab. »Dafür gibt's in dem alten Schuppen wohl nicht genug Stockwerke.«

Katja öffnete die Wagentür, schob die Beine zügig heraus und wandte sich noch einmal kurz zu Frank um. »Nein, nicht Turbo, ganz im Gegenteil – ganz gemütlich. Die haben hier einen richtig schönen alten Paternoster. Da freue ich mich schon die ganze Zeit drauf. Bin noch nie mit so einem Teil gefahren.«

Der Weg vom Parkplatz zum Haupteingang, vorbei an den knorrigen, Schatten spendenden Stadtbäumen, ließ sich in nicht mal einer Minute bewältigen, und schon stand Katja im Foyer des historischen, verwinkelten Verwaltungsgebäudes der Berufsgenossenschaft Logistik. Staunend schaute sie sich um, ließ sich von den Schattenspielen und Lichtmalereien der gelb gefärbten Fensterscheiben beeindrucken und sah sich mit strahlenden Augen zu Frank um. »Einzigartig, nicht wahr? Diese alten Gemäuer haben eine ganz besondere Ausstrahlung. Ich liebe das.«

Sie blickte durch den menschenleeren Eingangsbereich auf der Suche nach der Anmeldung und spurtete schnurstracks darauf zu, als sie sie entdeckt hatte. Frank direkt hinter ihr. »Guten Tag. Hauptkommissarin Sollig und Oberkommissar Lieme von der Kriminalpolizei in Badenhausen«, informierte sie den Pförtner, der die beiden Besucher neugierig betrachtete. »Wir haben einen Termin mit Herrn Stefan Behrens. Könnten Sie ihm bitte Bescheid geben, dass wir da sind?«

»Guten Tag, Frau Kommissarin.« Der Pförtner sprach Katja an und nickte Frank freundlich zu, dann schaute er auf den Monitor vor sich und blätterte im Terminplanbuch daneben. »Wenn Sie hier kurz unterschreiben? Herr Behrens wird sicher schon auf dem Weg sein, um Sie abzuholen.«

Katja nahm den angebotenen Stift und zeichnete den Termin im Planer ab. »Was ist das leer hier bei Ihnen. Ist das normal?«, fragte sie ihr Gegenüber.

»Um die Mittagszeit von 12:00 bis 14:00 Uhr, sowie mittwochs und freitags ist bei uns kein Publikumsverkehr. Die Kollegen arbeiten da in Ruhe ihre Fälle ab.«

»Ach so, danke.« Im Hintergrund hörte Katja die knackenden Geräusche des Paternosters, der sich langsam in Bewegung setzte. »Ah, das wird sicher Herr Behrens sein. Danke, ...«, sie betrachtete das Namensschild, »... Herr Müller. Wir warten dann da vorn.« Sie legte den Stift wieder auf den Tresen und machte sich mit Frank auf den Weg zum Paternoster.

Doch plötzlich ruckelte der. Mit einem lauten Quietschen hielt er abrupt an. Katja kniff die Augen zusammen und guckte durch die Öffnung in die oberen Stockwerke. »Ach, du Schande«, rief sie und blickte sich suchend um. »Treppenhaus ..., wo ist das Treppenhaus?« Und schon lief sie los, um hinter der Tür mit dem eindeutigen Symbol zu den Treppen zu verschwinden. Frank hob nur irritiert die Schultern und guckte seinerseits in den Schacht. Und das, was er sah, ließ ihn erschreckt zurückzucken und den Pförtner informieren. »Schnell, rufen Sie einen Krankenwagen!« Der sichtbare Fuß in seinen edlen, schwarz glänzenden Lederslippern und den farblich passenden halbhohen Socken, den er bei seinem Blick nach oben wahrnahm, glitzerte in den Sonnenstrahlen, die durch die obere Glaskuppel des Aufzuges ungehindert die skurrile Szene beleuchtete.

*

Es hatte nicht einmal eine halbe Stunde gedauert, bis die Sanitäter und der Notarzt vor Ort waren, sie Stefan Behrens untersucht hatten und aus seiner misslichen Lage befreien konnten, um dann mit Blaulicht und Sirene mit dem Bewusstlosen ins naheliegende Bielefelder Klinikum zu rasen. Und schon war es wieder still in den Räumen der Berufsgenossenschaft. Totenstill.

Katja ließ den Paternoster stilllegen und besorgte sich vom Pförtner Absperrband, um auch die Eintrittsflächen großräumig zu sichern. Und dann tat sie das, was das einzig Sinnvolle war: Sie rief ihren Vorgesetzten, Kriminalrat Bernd Neitmann an. »Tut mir leid, Chef. Das hier ist eindeutig nicht mein Ressort, doch da ist irgendwas faul. Ich habe die Unfallstelle gesichert, doch für alles andere fehlen mir die Kompetenzen.« Sie erzählte noch weiter, hörte sich an, wie Neitmann die Lage einschätzte und legte dann mit einem Seufzen auf.

Die Kommissarin ging auf Frank zu, der neben der Absperrung auf sie wartete. »Das wird wohl noch etwas dauern mit unserem Termin hier. Der Chef schickt die Spurensicherung und Kollegen vom Kriminaldauerdienst. Die werden sich das hier mal anschauen. Wir sollen hier bis dahin die Stellung halten. Könntest du bitte eine Weile nach dem Rechten schauen, dass keiner über die Absperrung tritt? Ich suche mir einen ruhigen Platz und notiere mir, was ich vorhin gesehen habe, damit ich nichts Wichtiges vergesse.«

»Und ich?«, maulte Frank leise und fuhr sich genervt durch seine blonden Haare. »Wann erzählst du mir, warum dieser Aufstand hier ist?« Am Ende des Ganges, in Katjas Rücken, fiel sanft eine Tür ins Schloss. Katja legte ihren Zeigefinger auf den Mund und bewegte den Kopf leicht zur Seite. Doch Frank hatte schon verstanden.

Gleichzeitig klingelte das Mobiltelefon und Katja nahm das Gespräch an. »KHK Sollig? ... Was? ... Oh, nein! ... Okay, ich gebe es weiter.«

Frank schaute sie mit großen Augen an, doch sie schüttelte den Kopf. »Das war der Chef«, flüsterte sie. Sie bewegte sich langsam zu den Besucherstühlen auf dem Flur und setzte sich hin, bevor sie in sich zusammensackte und den Kopf in ihren Händen verbarg. »Der Patient ist auf dem Weg zum Krankenhaus gestorben. Wir waren zu spät.«

*

August 1991

Die Luft im Büro des Zugführers der Ka-
tastrophenschutzeinheit in Badenhausen
war zum Schneiden. Das war nicht allein
der Gestank nach Rauch und Schweiß
oder die Hitze, nein, das war die absolut
schlechte Stimmung der drei Herren, die
hier saßen und Ralf Schmidt missmutig
ansahen.

Ralf griff zum Attest, das er dabei hat-
te, stand auf und reichte es dem mittleren
der drei Verantwortlichen seiner Einheit,
dem Zugführer. »Hier, Markus, ich habe
dir das Attest mitgebracht. Das ist von
dem Unfallarzt, der mich damals unter-
sucht hat und mich auch heute noch be-
treut. Es geht einfach nicht mehr. Ich
weiß ja, dass ihr sauer seid, aber was soll
ich denn machen? Die Bundeswehr hat
mich mittlerweile auch ganz aus dem
Dienst entlassen. Die finden für mich
auch keine Einsatzmöglichkeit mehr. Da-
bei hatte ich mal Tauglichkeitsstufe 2,
und jetzt: Aus der Traum.« Er legte das
Attest vor seinen Zugführer. Der warf nur
einen kurzen Blick drauf und schob es zur
Seite. Er zog an seiner Zigarette, inhalier-
te tief und pustete gleichmäßige Kringel
in die Luft. Dann stopfte er die Zigarette

zwischen die kalten Kippen im Aschenbecher und drückte sie aus. Kleine Aschestückchen flogen auf und verteilten sich auf dem Tisch.

»Ralf, da magst du uns erzählen, was du willst. Du kannst nicht einfach den Dienst quittieren. Das ist Ersatzdienst, wie du wohl weißt, den hast du ganz bewusst gewählt, wie alle, die nicht zum Bund wollen.«

»Was?«, rief Ralf aus. »Ich habe nicht zum Bund gewollt? Wie kommst du denn auf den Mist? Und ob ich dahin wollte. Zur Luftwaffe. Und wie ich das wollte. Doch es gab vor ein paar Jahren zu viele Anwärter und ich wusste nicht, wann ich endlich gezogen werde, darum bin ich zu euch. Um Sicherheit für meinen Arbeitsplatz zu haben.« Er schnaubte. »Und nun, mit den kaputten Knien, da können die mich vom Kreiswehrersatzamt gar nicht mehr gebrauchen. Und ihr doch auch nicht. Ich bin als Sanitätshelfer doch überhaupt nicht mehr einsatzbereit, kann mich nicht mehr hinknien, kann keine langen Strecken mehr gehen. Denkst du, mir macht das Spaß, immer diese Schmerzen? Ich bin doch froh, wenn ich meine Arbeitstage in der Firma gut über-

stehe.« *Ralf schnappte nach Luft.*
»Mensch, Markus, du warst es doch, der
mir letztes Jahr den Vordruck mit der
Kündigungserklärung unter die Nase
gehalten hat. Da war doch alles klar. Da-
nach ist doch auch mein offizielles Kündi-
gungsschreiben bei euch eingegangen. Wo
ist das denn alles? Warum habt ihr mir
das nie bestätigt?«

Der Zugführer wollte gerade zu einer
Antwort ansetzen, seine Augen funkelten
verärgert, da griff sein Beisitzer ein und
machte eine beruhigende Handbewegung.
»Vergiss es, Markus, reg dich nicht auf.
Wir werden das anders regeln.« Er wand-
te sich an Ralf. »Herr Schmidt, Sie sind
Ihrem Sanitätsdienst unentschuldigt
ferngeblieben.« Der Beisitzer stoppte
Ralfs Einwand. »Moment, ich führe das
gerade aus. Es gibt dafür rechtliche Vor-
gaben, wie dieser Fall im Ersatzdienst zu
sehen ist. Wir machen das jetzt kurz,
Herr Schmidt. Sie können gehen.«

Ralf atmete auf.
»Sie hören von unserem Anwalt.«
Und Ralf wurde blass.

*

Die Nachricht vom Tode Stefan Behrens'
brachte seine Kollegen erst in Unruhe, als
plötzlich Spurensicherung und Kriminaldauerdienst ihre Arbeit im Berufsgenos-
senschaftsgebäude aufnahmen. Der
Pförtner hatte auf Bitten der Kriminal-
kommissare aus Badenhausen stillgehal-
ten und keinen seiner Kollegen im Haus
informiert. Der Notfalleinsatz vorher war
kaum aufgefallen, da sich die meisten
Mitarbeiter noch in der Mittagspause be-
fanden und von Krankenwagen und Blaulicht gar nichts mitbekommen hatten.

Katja und Frank warteten im Flur vor
Behrens' Büro, als schon wieder, wie auch
über eine Stunde vorher, auf der anderen
Seite eine Tür ins Schloss fiel. Doch diesmal zeigte sich jemand. Eine Frau in Katjas Alter, also Ende Vierzig, kam gemes-
senen Schrittes auf sie zu. Ihr ehemals
hellbraunes Haar war mit vielen grauen
Strähnen durchzogen, was sie jedoch
nicht älter, sondern eher frischer wirken
ließ. Bewundernswert, fand Katja und
stand auf, um der Frau entgegenzugehen
und sie vom Betreten des gesperrten Be-
reiches abzuhalten. Sie stoppte abrupt.
»Claudi? Bist du das? Was machst du
denn hier?«

Die Angesprochene riss ebenfalls staunend die Augen auf. »Katja! Das gibt es ja nicht. Ich habe dich vorhin aus der Entfernung gar nicht erkannt.« Sie ging auf sie zu und nahm Katjas Hände in ihre. »Wahnsinn.«

Frank stand im Hintergrund und beobachtete die Szene, als Katja sich zu ihm umdrehte. »Darf ich dir vorstellen, Claudi, das ist mein Kollege, Kriminaloberkommissar Frank Lieme. Und das ist Claudia, eine frühere Spielkameradin und allerbeste Freundin von mir. Wir haben als Kinder nebeneinander gewohnt.«

Claudia Höltkemeyer und Frank gaben sich die Hand und lächelten sich an. »Claudia, heute Höltkemeyer. Dann seid ihr wohl beruflich hier, oder?«, fragte sie, wieder an Katja gerichtet. »Irgendwas ist vorgefallen, doch ich bin in meinem Büro geblieben, als es hier oben so lärmig wurde. Jetzt wollte ich aber doch mal gucken, was los ist.«

Katja ging nicht darauf ein. »Und du, arbeitest du hier?«

»Ja, schon seit zehn Jahren. Nein, es sind ja sogar elf, wenn ich die Probezeit mit einrechne. Ich bin für die Versicherten von A – K zuständig.«

»Arm bis Knie?«, scherzte Frank und lachte über seinen Witz, doch Katja verdrehte nur die Augen. »Sehr witzig, hahaha.«

»Alarm bis Knopf«, konterte Claudia geschickt und zeigte auf die Besucherstühle in ihrem Bereich und auf den Notfallplan oberhalb der Stuhllehnen und den zwei Meter entfernten Alarmknopf für den Feuermelder. »Keine Chance, Herr Lieme, die Witze kenne ich schon.«

Sie schlug die Arme um sich und guckte sich suchend um. »Irgendwie zieht es hier unangenehm, kann bei der Klimaanlage eigentlich nicht sein.« Dann kniff sie die Augen zusammen und blickte angestrengt über die Absperrung hinweg hinter den Kommissaren den Gang entlang. »Da hinten ist die Fenstertür sperrangelweit offen, oder? Habt ihr sie geöffnet?«

Katja schüttelte den Kopf.

*

Für den Abend hatte Kriminalrat Neitmann noch eine Dienstbesprechung angesetzt, um die Ereignisse des Tages zu erörtern. Katja konnte nur stockend erzählen, was vorgefallen war, so sehr hatte es sie entsetzt, dass nur wenige Minuten früher zum Termin im BGL-Gebäude Behrens' Leben hätten retten können. Immer wieder ging sie den Ablauf durch und fragte sich, wo sie zu langsam gewesen war.

Kathrin legte ihr den Arm um die Schultern. »Gräm dich nicht, du hättest es nicht verhindern können. Wir wissen doch noch gar nicht, seit wann er schon da lag und wodurch er gestorben ist. Es ist nicht deine Schuld, Katja.«

»Ich weiß das, theoretisch, aber Vorwürfe mach ich mir trotzdem. Das sollte nur eine ganz normale Befragung werden. Und wir haben es noch nicht einmal bis in sein Büro geschafft.«

»Was wird denn nun mit unserem Fall, Chef?«, meinte Frank zu Kriminalrat Neitmann, doch der winkte ab.

»So, wie es aussieht, haben wir keinen mehr. Ich werde das aber noch einmal mit der Staatsanwaltschaft in Detmold besprechen, wie wir da nun verfahren.« Neitmann kratzte sich am Kopf. »Es gibt jetzt aber ein ganz anderes Problem: Ralf Schmidt wurde verhaftet. Unsere Gerichtsmedizinerin Frau Dr. Nathan hat uns auf die richtige Spur gebracht.«

»Aha, Nathan, die Weise.« Frank schmunzelte vor sich hin.

»Genau die. Vor einer Stunde kamen die vorläufigen Ergebnisse aus der Kriminaltechnik. Stefan Behrens ist erstickt. Sein Asthmaspray war fehlerhaft befüllt.«

3

September 2018

Mist!« Katja zog das gerissene Klebeband wieder vom Paket und versuchte es erneut. Band platzieren, Abroller ansetzen und vorsichtig über die Pappe ziehen. Endlich klappte es und das Packband ließ sich problemlos mit einem Ratschen vom Abroller abreißen. Es wurde auch langsam Zeit, dass sie hier fertig wurde, wenn sie das Paket noch pünktlich beim Schuhhaus abgeben wollte. Gegen 16 Uhr kam der Postwagen dahin. Sie blickte auf die Funkuhr an der gegenüberliegenden Wand und pustete beruhigt die angehaltene Luft aus. Noch eine halbe Stunde bis Abgabeschluss, das war problemlos zu schaffen.

Die Katze des Hauses lag entspannt auf dem Sofa gegenüber dem zum Packtisch umfunktionierten Essplatz und beobachtete wenig interessiert die hektischen Verpackungsversuche seines Frauchens. Katja strich ihrem schwarzen Kater Amadeus über das seidige Fell und kitzelte ihn am Hals. Schon schnurrte er, stand auf, reckte sich und schlich ihr um die Beine. »Tja, Amadeus, tut mir leid. Was zu fressen gibt es, wenn ich wieder zurück bin. Ich muss los, sonst macht die Postfiliale zu.« Sie schlüpfte in die bequemen grünbraunen Velourslederslipper, warf sich den olivgrünen Sommerparka über das pistazienfarbene Langarmshirt, schnappte sich ihre Tasche und den Schlüsselbund, nahm das Paket unter den Arm und eilte zur Haustür. »Bis gleich, Katerchen. Komme gleich wieder.« Sie warf noch einen letzten Blick in den Spiegel neben dem Ausgang, stoppte kurz ab, betrachtete ihr Ebenbild und verließ mit einem fröhlichen »Grün, grün, grün sind alle meine Kleider ...« auf den Lippen, leise singend ihr Zuhause.

*

Sommer 2008
Der Anblick seiner neuen Errungenschaft ließ ihn mit ihr um die Wette strahlen. Begeistert strich Ralf über die Mittelstange des quietschorangen Fahrrads

und bewunderte die Ausstattung, für die er so viele Monate gespart hatte. Endlich wieder Rad fahren, endlich wieder Zeit und Gelegenheit, ein paar Ausflüge in die weitere Umgebung hier im Kalletal zu machen oder einfach das Rad statt des Autos zu benutzen. Der Umzug von Badenhausen nach Kalletal hatte sich wirklich gelohnt. Die Gegend war klasse und das Haus genau das Richtige für seine geschundenen Knie. Statt drei Treppen, wie früher in der Rolandstraße, gab es nun nur noch eine. Die meisten Dörfer lagen in den Tälern und waren gut zu erreichen. Auch mit dem Rad. Okay, mal von den fehlenden Radwegen abgesehen. Da gab es sicher noch einiges zu tun.

Alexandra kam von hinten auf ihn zu und legte ihm die Arme um den Oberkörper. »Hübsches Teil. Muss ich mir Sorgen machen, dass du jetzt immer unterwegs bist und keine Zeit mehr für mich hast?«

Ralf lehnte das Rad an die Garagenwand und drehte sich um. Sein liebevoller Kuss enthob ihn einer Antwort.

*

Im Schuhgeschäft war wieder so einiges los, doch an der Paketannahme warteten nur drei Kunden. Zügig ging es vorwärts und Katja hob ihre Rücksendung auf den Tresen. »Ist schon alles frankiert«, meinte sie zu Frau Möller-Meier, die nur einen kurzen Blick auf den Aufkleber warf, den Code scannte und das Packstück hinter sich auf den Rollwagen stellte. »Danke, Ina. Ein Glück, dass ich noch pünktlich bin.« Katja guckte zu den großen Schaufenstern und sah den Postwagen hinten auf den Hof biegen. »Auf die Minute pünktlich«, seufzte sie erleichtert. »Dann geh ich mal ein bisschen im Laden stöbern, wenn ich schon mal hier bin. Bis zum nächsten Mal, Ina.« Sie stopfte die Postquittung in ihre Geldbörse, drehte sich schwungvoll um – und stand direkt vor Claudia Höltkemeyer. »Huch! Schon wieder unerwartet.«

»Hallo, Katja, jahrelang sehe ich dich nicht und nun einmal die Woche. Das kann doch wohl kein Zufall sein«, schmunzelte die Freundin aus Kindertagen und trat mit ihr einen Schritt zur Seite, als der nächste Kunde sein Paket auf die Schnelle abgeben wollte.

»Denke ich auch, an Zufälle glaube ich eh nicht. Wohnst du hier in der Nähe?«

»Nein, nicht ganz. In Exter, aber von Zeit zu Zeit schau ich hier im Schuhladen vorbei, um ein wenig zu stöbern. Ich liebe Schuhe.«

»Richtig, ich kann mich erinnern, das war früher schon so. Weißt du noch, als wir bei euch verkleiden gespielt haben? Mit den hochhackigen Schuhen deiner Mutter? Mann, Mann, Mann, gab das Ärger, als ein Absatz gebrochen ist. Du hattest da noch diese witzigen gekringelten Haare. Krause Haare – krauser Sinn, ich hör noch meine Oma und zucke jetzt noch zusammen, wenn ich an das Ausschimpfen denke.«

Claudia grinste über das ganze Gesicht. »Hat mich von meiner Leidenschaft für Schuhe auch nicht abgebracht, wie du siehst«, und hob ihren Fuß an, um ihr ihre neueste Errungenschaft eines top angesagten Designers zu zeigen. »Ich konnte nicht widerstehen. Sind die nicht himmlisch?«

»Ehrlich? Ganz nett, ja, aber nicht so meins. Ich liebe den Geruch von Leder und bin mehr so der Typ für Ledertaschen und Portemonnaies. Aber alles in Maßen.«

Katja guckte ihre frühere Sandkasten-freundin nachdenklich an. »Was meinst du, Claudi? Hast du noch etwas Zeit? Dann können wir uns hier in der Gegend einen Platz zum Kaffeetrinken suchen und ein bisschen über alte Zeiten quat-schen. Was du so gemacht hast, nachdem deine Eltern damals mit dir weggezogen sind.«

»Sehr gute Idee.« Claudia Höltkemeyer strahlte. »Gib mir nur 'ne Sekunde. Ich muss die Hübschen hier an meinen Füßen erst noch bezahlen und dann können wir los.«

»Dann frag gleich noch an der Kasse nach, wo man sich hier um diese Zeit zu-sammensetzen kann. Ich weiß es ehrlich gesagt nicht. Entweder die Läden sind noch nicht auf oder haben schon länger geschlossen.«

*

Sommer 2008

Schon der dritte stabile Sommertag und die beste Gelegenheit, mal wieder einen längeren Weg zu fahren. Und diesmal so-gar mit einigen Höhenmetern, die er überwinden musste. Die Todeskurve an der Grenze zwischen Kalldorf und dem Nachbarkreis. Vor zwei Wochen war eine längere, wenn auch flache, Strecke schon eine tolle Erfahrung gewesen, auch wenn Ralf sich danach so richtig fertig, aber glücklich gefühlt hatte. Das war es einfach wert. Die gelegentlichen Fahrten in den vergangenen Wochen von Tevenhausen aus zum Arbeitsplatz nach Kalldorf führten ebenfalls nur über Wege ohne große Höhenunterschiede und er fühlte sich durch die Übung gut vorbereitet. Das Rad hatte sich gelohnt.

Ralf packte sich die kleine Modell-Lok in den Rucksack, die er für seinen Sohn zur Reparatur in der Fachwerkstatt am Ziel seiner Fahrt bringen wollte. Der kalte Tee in einer Metallflasche wurde im Getränkehalter verstaut und ein paar Butterkekse passten auch noch in ein Seitenfach. Perfekt.

»Alex?«, rief er durch die offene Garagentür in Richtung des Hausflurs. »Ich mach mich auf den Weg.« Alexandra trat aus der Tür, rieb sich mit einem Geschirrtuch die feuchten Hände ab, die gerade noch den Wischlappen für das Waschbecken im Bad ausgewrungen hatten, und spazierte auf ihren Ehemann zu.

»Dann pass gut auf dich auf. Wie lange planst du ein?«

»Etwa drei Stunden für den Hin- und Rückweg und ein bisschen Quatschen im Laden. Zum Abendessen bin ich zurück. Soll ich noch etwas mitbringen?«

»Nein. Nicht nötig. Ich hab alles da, was wir brauchen.« Sie wuschelte ihm noch schnell liebevoll durch das schüttere graue Haar, bevor er den Helm aufsetzte und küsste ihn auf die Wange. »Wo fährst du denn lang?«

»Über Langenholzhausen, am Friedhof vorbei nach Kalldorf, durchs Wiesental und dann die Todeskurve hoch und immer weiter an der Weser entlang und an Gut Deesberg vorbei bis nach Badenhausen. Sollte eine recht gemütliche Strecke werden.«

»Na ja.« Alexandra hob die Brauen. »Gemütlich? Die Todeskurve? Ich weiß ja nicht. Da ist zwar ein Radweg, aber der geht auch recht zügig ein paar Meter hoch.«

»Na und? Wofür habe ich so viele Gänge? Das wird schon.« Er nahm seine Frau in den Arm, schnappte sich sein Rad, stieg auf, winkte ihr noch einmal kurz zu *und machte sich die Dorfstraße entlang auf den Weg nach Badenhausen.*

*

Während des Telefonats malte der Kriminalrat kleine Männchen auf die Schreibtischunterlage und hörte konzentriert zu. Seine Unterlippe war schon ganz rot, weil er unbewusst mehrmals darauf herumgekaut hatte. Bernd Neitmann legte den Telefonhörer mit einem Knall wieder auf, lehnte sich zurück und seufzte. Seine Abteilung würde in den kommenden Wochen einige schwierige Hindernisse zu überwinden haben. Das war mal klar. Eine neue Aufgabe für seine Leute von der Sonderkommission Sozial. Magdalena Stein von der Staatsanwaltschaft in Detmold hatte entschieden. Die Ermittlungen gegen den Beschuldigten Stefan Behrens waren eingestellt worden. Alles Weitere würde er Katja Sollig und ihrem Team gleich erklären.

Es klopfte und Kathrin Kramer steckte den Kopf zur Tür herein. »Chef? Die Sollig und der Lieme sitzen im Besprechungsraum. Wir können anfangen.«

»Alles klar, ich komme sofort.« Neit-mann stand auf, guckte kurz in den Spie-gel an der Wand neben der Garderobe, fuhr sich leicht durch die Haare, nahm die Unterlagen von seinem Tisch mit und ging der Abteilungssekretärin hinterher.

»Der Kaffee und Wasser stehen schon bereit«, holte Kathrin Kramer ihn aus seinen Gedanken. »Wir können direkt los-legen.«

»Sehr gut.« Neitmann blinzelte, als er den Besprechungsraum betrat und direkt in das Sonnenlicht schaute, das eigentüm-lich flackernde Muster auf dem Linole-umboden zeichnete. »Mahlzeit. Macht ihr die Rollos ein wenig weiter runter? Das blendet.« Er setzte sich auf seinen ange-stammten Platz mit dem Rücken zur hellbraun getünchten Wand und dem Blick auf die Fensterfront und ließ die Unterlagen auf den Tisch klatschen. »Ja«, seufzte er. »Dann lasst uns mal anfangen. Ich habe so einiges Interessantes zu er-zählen.«

*

Sommer 2008

Die Modellbahnlok lag nun reparaturbereit beim Fachhändler, es war alles besprochen, und Ralf war schon wieder auf dem Rückweg nach Tevenhausen. Er wollte endlich nach Hause. So lässig, wie er sich diesen Ausflug vorgestellt hatte, war er dann doch nicht verlaufen. Die Todeskurve hoch hatte ihn ziemlich angestrengt und seine Knie fühlten sich überhaupt nicht mehr belastungsfähig an. Bis nach Badenhausen war es noch gegangen – vor lauter Vorfreude –, doch er quälte sich zu Fuß die fünfzig Meter vom Fahrradparkplatz zum Modellbahngeschäft und spürte, wie das eine Knie langsam anschwoll. Mist!

Die Rückfahrt war dann die reinste Tortur. Die Schmerzen wurden immer schlimmer und das Treten der Pedale ging ab einem Punkt einfach nicht mehr. Nach einer halben Stunde gab er auf. Memme? Nee! Da stimmte eindeutig etwas nicht. Bis zur Weserlust kurz vor der Grenze zu Kalletal schaffte er es gerade noch, dann bog Ralf auf den Parkplatz auf seiner Straßenseite ab, lehnte sein geliebtes Trekkingrad an einen Findling und kramte sein Mobiltelefon raus. Er hatte

Glück, es klingelte nur kurz. »Alex? Kannst du mich abholen? Gegenüber vom Weserlust? Mit meinem Knie, da stimmt was nicht.«

*

Heimlich stibitzte Neitmann sich noch ein drittes Zuckerstückchen und ließ es in seinen Kaffee plumpsen. Solange Katja mit Frank und Kathrin quatschend in der Teeküche standen, um sich selbst Getränke zu holen, bekam es zum Glück keiner mit.

»Chef, ich habe es gehört. Wir können hier alle noch bis drei zählen.« Katja drehte sich schwungvoll um, zwinkerte Neitmann vergnügt zu und amüsierte sich köstlich über die rötliche Farbe, die langsam sein Gesicht überzog.

»Ertappt. Ich gestehe.«

»Warum genießen Sie nicht einfach? Hier kontrolliert Sie doch keiner.«

Doch der Kriminalrat schüttelte den Kopf. »Ihr wisst doch, die übliche medizinische Untersuchung hier in unserem Verein. Der Herr Doktor wünscht, ich möge meinen Zuckerkonsum doch ein wenig einschränken.«

»Ja und? Haben Sie doch, oder? Ich meine mich zu erinnern, dass es vor gar nicht langer Zeit sogar noch vier Stückchen waren. Ist doch ein Erfolg.«

»Wenn Sie es so sehen, Katja, dann haben Sie wohl recht. Vielleicht sollte ich auf Dauer auf Zuckeraustauschstoffe umstellen. Was nehmen Sie denn da immer? Diese Tütchen, die Sie immer dabei haben.«

»Ich? Das ist Sukralose. Die nehme ich hauptsächlich morgens für meinen schwarzen Tee. Statt Kandis. Ich habe immer zu viel genommen und sollte auch einschränken. Aber mit weniger Kandis mochte ich den Tee nicht und mit Süßstoff? Igitt!« Katja griff in ihre Tasche und wühlte darin herum, bevor sie ein Metallkästchen herauszog und es öffnete. Sie drückte ihrem Chef zehn kleine Tütchen in die Hand. »Hier. Probieren Sie es mal aus. Vielleicht ist das was für Sie. Ich bin jedenfalls begeistert. Mit Kandis kann man mich mittlerweile jagen.«

Neitmann schloss die Finger um die kleinen gelben Beutel und schob sie in die Jackentasche. »Danke. Eine gute Idee. Ich sag Ihnen in den nächsten Tagen Bescheid, wie es mir geschmeckt hat.« Er rührte in seiner Kaffeetasse und nahm einen Schluck. Dann wischte er sich mit einem Stofftaschentuch über die Stirn und tupfte sich vorsichtig die Schläfen, faltete das Tuch wieder zusammen und räusperte sich. »So, weshalb wir uns hier getroffen haben, ist eine neue Aufgabe, die uns die Staatsanwaltschaft Detmold aufgetragen hat.« Er trank noch einen Schluck und verzog angewidert das Gesicht, dann schob er die Tasse in die Mitte des Tisches. »Frau Sollig hat mich letztens über ein privates Gespräch mit einer Mitarbeiterin der Berufsgenossenschaft Logistik in Bielefeld in Kenntnis gesetzt. Sie wissen ja, dort, wo auch der verstorbene Stefan Behrens tätig war. Die Kollegen, die den Todesfall bearbeiten, haben noch keine Ansatzpunkte finden können, wieso im Asthmaspray der falsche Wirkstoff war, der bei Behrens zum Erstickungstod geführt hat. Die besagte Mitarbeiterin ist gerade hier im Haus und macht ihre Aussage.«

»Wieso jetzt erst? Die Befragungen haben Kuhlmann und seine Leute doch schon vor Ort durchgeführt. Warum hat sie denn nicht da schon erzählt, was sie weiß?«, wunderte sich Frank und guckte von Neitmann zu Katja und zurück.

Neitmann schaute Katja an und nickte ihr zu.

»Frau Höltkemeyer wollte sich in dem Umfeld nicht äußern und hatte einen Weg gesucht, wie sie, ohne aufzufallen, ihre Aussage machen könnte. Und ich habe ihr dabei geholfen. Da war es ganz gut, dass ich sie noch von früher kenne und wir uns in der Freizeit getroffen haben. Und es ist wirklich erstaunlich, was Claudia, also Frau Höltkemeyer, uns so zu erzählen hatte. Kein Wunder, dass sie das nicht in den Räumen ihres Arbeitgebers machen wollte. Und erst recht nicht, wenn sich bewahrheitet, was sie behauptet.«

»Und?«, mischte sich nun auch Kathrin ein und beugte sich ein Stück vor, um besser hören zu können.

»Sie sagt, es war eindeutig Mord. Und sie kennt den Täter.«

*

Oktober 2014
Stefan Behrens klopfte an die Tür seines Vorgesetzten und trat ein, als dieser ihn hereinbat.

»Guten Tag, Herr Behrens, womit kann ich Ihnen helfen?«

»Ich habe hier ein Problem mit einer Akte aus der Abrechnungsabteilung. Es geht um eine Meniskusoperation beim Versicherten Ralf Schmidt aus Kalletal.« Er legte die Mappe dem Chef auf den Tisch und nahm Platz, als er mit einer Handbewegung dazu aufgefordert wurde.

»Und wo sehen Sie ein Problem?«

»Bei der Archivierung habe ich gesehen, dass der Antrag auf Kostenübernahme abgelehnt wurde.«

»Ja und? Das kommt bei uns doch öfter vor. Nicht jeder Versicherte hat Anspruch auf Zahlung. Dann ist eben die Krankenkasse dran.«

»Dieser Fall aber«, Stefan Behrens stockte, »bei diesem Fall liegt es anders. Im Archiv habe ich die Akte von damals gefunden. Der Arbeitsunfall war in 1988. Die Kollegen vom Arbeitsschutz haben damals die Umstände aufgenommen und Änderungen beim Arbeitgeber erwirkt. Das Ganze haben wir hier in den Unterlagen.«

»Das ist aber doch kein Kriterium für einen positiven Bescheid für den Antragsteller. Sie kennen doch unsere Vorgaben. Durchgängige Meldungen der Unfallärzte über eine bestehende Problematik. Wir machen das, wie wir das immer machen, das übliche Verfahren, klar?«

»Ja, das ist mir klar. Mich irritiert nur die Ablehnung. Denn der Arbeitsunfall wurde damals anerkannt, die Untersuchungen waren eindeutig. In der Akte sind über einige Jahre noch Arztberichte, sie brechen aber irgendwann ab. Möglicherweise weil die Abrechnung in den Achtzigern noch nicht vereinheitlicht war.«

»Herr Behrens«, der Chef wurde lauter, »der Antrag wurde abgelehnt. Dann hat das seine Richtigkeit und die Abteilungen hier im Haus haben das abgestimmt. Wenn Sie da noch etwas gefunden haben, dann weg damit. Sie sagen selbst, es gibt keine Meldungen von damals bis heute. Den Nachweis muss dann der Versicherte erbringen, nicht wir. Wir haben unser Recht auf Aktenvernichtung nach zehn Jahren genutzt. Sicher ist auch bei der Digitalisierung einiges entfernt worden. Haben Sie das verstanden?«

»Ja«, gab Behrens klein bei.

»Und wenn demnächst die Akte zum Unfallhergang angefordert wird, dann ist das so, nicht wahr? Es gibt keine Unterlagen aus der Zeit von vor ...?« Er guckte zur Decke, »lassen Sie mich nachrechnen ... bald dreißig Jahren. Ist ja auch kein Wunder, wenn es keine weiteren Vorkommnisse gab.« Der Chef gab ihm die Akte zurück. »Warten Sie ab, ob noch eine Reaktion kommt, aber dann kann es losgehen. Sie kümmern sich darum?«

»Mach ich.«

»Na also, Herr Behrens. Da fällt mir ein: Es stehen doch wieder Gehaltsverhandlungen an. Ich denke, ich werde mal mit den zuständigen Leuten sprechen. Wir sollten Ihr Engagement für unser Haus wirklich mehr würdigen. Mitarbeiter, die mitdenken, sind sehr wichtig für unsere tägliche Arbeit.«

»Danke. Das würde mir sehr helfen.« Was Stefan Behrens noch sagen wollte, seine Beziehung zum Ehepaar Schmidt, das schluckte er hinunter. War ja nicht mehr wichtig. Und in Kürze Geschichte.

*

»Sie ...«, Kathrin verschluckte sich fast und musste husten, »... sie kennt den Täter?«

»Ja, das behauptet sie jedenfalls und deshalb ... aber das sollte der Chef besser erklären.« Katja wandte sich ihm zu und machte eine einladende Geste. »Ihr Part, Herr Kriminalrat.«

»Und Claudia Höltkemeyer sitzt nun bei Jens vom Mord und erzählt denen alles, was sie weiß. Ist doch richtig so, oder Chef«, hakte Frank nach.

Neitmann nickte.

»Und was ist dann mit dem Schmidt? Was liegt denn gegen ihn vor, dass er in U-Haft kam?« Frank fuhr sich mit der Hand durch die von der Sommerhitze verschwitzten kurzen, blonden Haare.

»Ralf Schmidt hat Zugang zu Medikamenten. Er arbeitet mittlerweile als Logistiker bei einem Apotheken-Onlineversand. Und seine Frau ...«, Neitmann unterbrach für eine kurze spannungsgeladene Pause, »... die ist von Beruf PTA.«

»PTA?« Frank zuckte mit den Schultern. »Nie gehört.«

»Pharmazeutisch Technische Assistentin. Das sind die in der Apotheke, die dir die Medikamente verkaufen. Das dürfen nur die PTAs oder die Apotheker selbst«, klärte Kathrin ihn auf. »Die kennen sich mit den Wirkstoffen aus und können ihre Kunden über Wechselwirkungen aufklären.«

»Aha. Wieder was gelernt.«

»Das mit der Untersuchungshaft vom Schmidt hat sich sicher bald. Habt ihr schon gehört, wer sein Rechtsbeistand ist?« Der Kriminalrat blickte in die Runde. »Nein? Dann klär ich euch mal auf. Der Herr Strafverteidiger Johannes Strate. Bekannt und bewährt auch durch seinen Einsatz letztes Jahr, als er die Unschuld der jungen verurteilten vermeintlichen Mörderin im Stiefvaterfall beweisen konnte und sie nach der Revision freibekam.«

Das Team der Soko wurde laut. Und Kathrin sprach für alle: »Das waren ja wohl eher wir, das mit den Beweisen. Das will ich aber mal gesagt haben. Hätten wir nicht diese Geschichte mit Amtsarzt und Jugendamt entdeckt, dann wäre es für den Strate nicht so leicht gewesen, Nele Schröder rauszuhauen.«

»Okay, okay, das Lob gebührt euch. Und das bringt mich auch wieder zu unserem jetzigen Fall zurück. Wobei klar sein sollte: die Strafanzeige gegen Stefan Behrens ist aufgehoben. Der Beschuldigte ist tot, die Staatsanwaltschaft sieht keine Möglichkeit offiziell zu ermitteln, da die Anzeige sich nur gegen die Person Behrens gerichtet hat, nicht gegen die Unfallkasse als Ganzes. Worauf ich jetzt hinauswill, sind zwei Begriffe: *offiziell* und *Aktenmanipulation*. Sollte sich auch nur ein kleinster Hinweis ergeben, dass an dem Vorwurf der Aktenmanipulation was dran ist, dann werden die Ermittlungen wieder aufgenommen, auch ohne Strafanzeige von außen. Und da kommen wir wieder ins Spiel. Oder besser gesagt Sie, Kathrin. Für Sie habe ich für die nächsten Wochen eine neue Aufgabe.«

Kathrin merkte auf und kriegte diesen Glanz in den Augen, der sie immer überkam, wenn ihr detektivischer Spürsinn gefragt war. »O ja, Akten wälzen? Gerne. Immer man her damit. Wonach soll ich suchen?«

»Akten wälzen ist schon richtig, Kathrin, aber nicht hier.«

»Nein? Muss ich in eine andere Abteilung?« Das Strahlen in ihren Augen verschwand.

»So ähnlich. In Bielefeld suchen sie eine neue Sachbearbeiterin. Bei der Berufsgenossenschaft. Na, wie wär's?«

*

Dezember 2014

»Klar doch. Ich habe den Ärzten jedes Mal gesagt, dass das mit meinen Knien wegen des Arbeitsunfalls war. Das müsste dann so in den Unterlagen der Berufsgenossenschaft stehen. Dann gab es Schmerztabletten und Salbenpackungen und eine Arbeitsunfähigkeitsbescheinigung. Und das über Jahre.« Langsam wurde Ralf ärgerlich und holte tief Luft, denn schon wieder sollte er dem Operateur dieselbe Frage beantworten, doch Dr. Bockermann, ein angesehener Unfall- und Durchgangsarzt aus Badenhausen mit einem sehr guten Ruf in der Meniskuschirurgie, schüttelte erneut den Kopf.

»Nein, ich habe hier keine Zusage von der BGL. Das müssen Sie selbst mit denen klären. Ich kann Ihnen meine Berichte mitgeben, aber abrechnen darf ich die OP nur mit Ihrer Krankenkasse, nicht mit der Unfallkasse.«

»Und in dem Bericht steht, dass Sie bei der Operation das gerissene Kreuzband entdeckt haben und dass das vorher in den Röntgenbildern nicht zu erkennen war?«, fragte Ralf nach.

»Richtig. Und dass die Kreuzbandrup-
tur schon älter ist. Wie alt aber genau,
das konnte ich so nicht feststellen. Das
OP-Team und ich waren ja selbst einigermaßen erstaunt, dass sich noch so ein
zusätzlicher Riss gezeigt hatte.« Der Chirurg übergab Ralf die Unterlagen in einem Umschlag, erhob sich und ging um
den Schreibtisch herum. Er reichte seinem Patienten die Hand, drehte sich um
und verließ mit fliegenden Kittelschößen
den Untersuchungsraum.

Ralf ächzte, als er sich aus dem Be-
sprechungsstuhl erhob, sich seine Tasche
umhängte, nach seinen Krücken griff und
mit einem Nicken zu den Arzthelferinnen
im Vorraum die orthopädische Unfallam-
bulanz verließ. Nun kam Alex. Seine Frau
hatte schon die alten Akten durchforstet.
Das sollte doch zu machen sein, dass die
Unfallkasse die Knie-OP abrechnete und
dadurch den Zusammenhang mit diesem
dämlichen Arbeitsunfall damals aner-
kannte. Reine Fleißarbeit, dafür gab es ja
Archive.

4

Oktober 2018

Januar 2015

Mensch, Behrens. Das lässt sich ja wohl problemlos bereinigen. Nach so einer langen Zeit. Wenn es keine Berichte gab, dann gibt es auch keinen Fall. Sie kennen unsere Vorgaben doch. Wir können nicht jeden durchfüttern. Da bleibt halt mal einer auf der Strecke. Ich dachte, Sie hätten das schon erledigt. Darüber haben wir doch lang und breit gesprochen.«

Die laute, verärgerte Stimme ließ Claudia Höltkemeyer, Verwaltungsfachangestellte im Archiv der Berufsgenossenschaft Logistik, auf ihrem Weg über den Gang innehalten. Sie konnte die Antwort aus dem Büro ihres Kollegen Stefan Behrens nicht verstehen, dafür war sie zu leise. Doch die Anweisung des heimischen BGL-Chefs war klar und deutlich zu hören. »Sie klären das jetzt mit der Akte Schmidt und dann hat sich das. Kann ja jeder kommen, nach so langer Zeit, und meinen, wir würden da noch für ihn blechen. Verstanden?«

Claudia umfasste ihre Akten mit der linken Hand und spurtete zügig weiter, öffnete den Riegel zum Archiv und verschwand schnell im Raum dahinter. Gerade noch schaffte sie es, die Sicherheitstür hinter sich zu schließen, bevor der Dienststellenleiter aus Behrens' Büro rauschte. Auf dem Flur blieb es still. Claudia legte die Dokumente auf dem Arbeitstisch ab, lehnte sich an die Tischkante und wartete ab, bis sich ihre Atmung wieder normalisierte. Lauschen war eigentlich gar nicht ihr Ding, doch das da gerade, das war ja nicht zu überhören gewesen. Die Akte Schmidt, aha. Die Neugier siegte. Sie ging zu den Regalen, schaute über die Hängeregistraturen und zog einige Hefter hervor. Zu neu, zu alt, verstorben ... doch da, da war eine, die passen könnte, prall gefüllt und mit Kürzeln aus den letzten Wochen versehen. Sie zog sie heraus und blätterte ein wenig herum. Unfallberichte, Arbeitsplatzbesichtigung, ärztliche Bescheinigungen. Alles da. Was war nun das Problem? Sie hängte die Mappe wieder ein und stieg nach oben, um ihre Akten vom Tisch zu holen, da öffnete sich die Tür und Behrens schaute herein.

»Was machst du denn hier?«, fragte er mit zittriger Stimme.

»Ja, was wohl? Ablage.«

»Wenn du da schon stehst. Könntest du mir den Gefallen tun und mir die Akte von unserem Versicherten Ralf Schmidt mitbringen? Müsste im Mittelgeschoss abgelegt sein. 1965-07-03-13.«

Claudia schluckte. »Sicher. Sobald ich hier fertig bin, bringe ich sie dir rüber.«

»Danke, Claudia.« Die Tür schloss sich wieder und Claudia Höltkemeyer atmete auf.

*

Der neue, ungewohnte Arbeitsweg nach Bielefeld machte Kathrin nichts aus. Klar, sie vermisste die Dienstbesprechungen mit ihren Kollegen von der Soko Sozial – oder auch den *Amtsschimmelflüsterern*, wie sie von der Presse liebevoll bezeichnet wurden –, schon jetzt, doch die Aufgabe, die sie nun erwartete, war ebenso spannend. Besonders für jemanden, der darin aufging, in Akten zu recherchieren und auch noch das Fitzelchen zu finden, das andere oft übersahen.

Sie fuhr sich mit der Hand durch die ungewohnte offen getragene Frisur ihrer nun schulterlangen, gewellten weißgrauen Haare und rückte die dunkelgrüne Brillenfassung zurecht, während sie ihr fremdes Spiegelbild in den Fensterscheiben des Waggons betrachtete, der sie vom Badenhauser Südbahnhof bis zum Hauptbahnhof in Bielefeld beförderte. Dann noch ein kurzes Stück mit der Straßenbahn und ein paar Schritte zu Fuß, und sie war da. Pünktlich zu Arbeitsbeginn. Sofern die Regionalbahn auch immer fuhr. Absolute Sicherheit gab es wohl nicht, doch zur Not könnte sie immer noch das Auto nehmen.

Die halbe Stunde im Zug nutzte sie für ein letztes Überfliegen ihres leicht veränderten Lebenslaufes. Die Ausbildung und die Beschäftigung als Verwaltungsfachangestellte waren geblieben, der Vorname und das Geburtsdatum passten auch. Die ehemalige Dienststelle bei der Polizei, die war verändert worden. Sie hatte einige Zeit geübt, um sich nicht zu verquasseln, doch mittlerweile war sie sicher. Aus einer Mitarbeiterin einer Sonderkommission war eine Sekretärin in der Kriminaltechnik geworden. Das passte, in dem Bereich kannte sie sich aus, und der Abteilungsleiter war eingeweiht, sollte jemand nachfragen. Genauso wie ihr altes Team, also Katja und Frank, der Kriminalrat, die Staatsanwältin Magdalena Stein und der Richter, der die Erlaubnis für die Aktion gegeben hatte. Noch mehr Mitwisser gab es nicht. Weder in der alten Dienststelle, noch am neuen Arbeitsplatz. Die Gefahr, dass ihre wahre Identität auffliegen würde, war einfach zu groß. Ach ja, Jens Kuhlmann, der war ebenfalls eingeweiht worden, sollten sich die Leute seiner Mordkommission, die den Fall Stefan Behrens bearbeiteten, in die Räume der BGL verirren. Doch damit war derzeit nicht zu rechnen. Sich zu diesem Zeitpunkt Sorgen zu machen war ziemlich blöd, immerhin hatte sie auch das Vorstellungsgespräch mit Bravour gemeistert.

Der Zug bremste kurz vor Brake und beschleunigte erneut, um mit quietschenden Bremsen in den Hauptbahnhof einzufahren. Kathrin sicherte ihr Tablet und verstaute es in der Tasche. Sie war gerüstet für den ersten Arbeitstag. Tief Luftholen, Rücken gerade und auf zu neuen Ufern.

*

Februar 2016

Unruhig rutschte Alexandra auf dem harten Plastikstuhl im Wartebereich hin und her, um eine bequeme Sitzposition zu finden. Sie schaute zu der Funkuhr über der Tür. Noch zehn Minuten. Keine Zeit mehr, um entspannt in den Unterlagen und dem Schriftverkehr mit der Berufsgenossenschaft und dem Gericht zu blättern. Also klappte sie die Akte auf ihrem Schoß zu und schob sie in die große Ledertasche, die sie für den heutigen Gerichtstermin gepackt hatte. Stifte, Notizblock, Akte. Alles dabei.

Auf der Fahrt nach Detmold zum Gericht war sie urplötzlich extrem erschrocken und es lief ihr brennend die Speiseröhre entlang, weil sie gedacht hatte, die Ladung und Ralfs Ausweis vergessen zu haben, doch ein kurzer Blick in das Seitenfach der Tasche beruhigte sie schnell. Die aufwendige Personenkontrolle im Eingang zum Gericht war dann auch nicht so problematisch. Ihr Edelstahl-Feuerzeug mit den hübschen verschnör-kelten Initialen und die silberfarbene Na-gelfeile aus Metall, die Alexandra sonst immer in der Tasche dabei hatte, lagen zu Hause auf dem Garderobenschränkchen und konnten die Metalldetektoren und den scharfen Blick der Justizbeamten nicht verwirren. Zum Glück ließ sich Ralf von ihrer Hibbeligkeit nicht anstecken. Jetzt saß er ganz entspannt neben ihr und grinste sie an.

»Immer mit der Ruhe, Alex. Hey, du bist doch als meine Unterstützung dabei. Du hast alle Informationen, die wichtig sind, was soll denn da noch passieren?«

»Ich weiß nicht, ich habe so ein ungutes Gefühl. Die letzten Schreiben vom Ge-richt konnte ich so gar nicht zuordnen. Ich versteh das auch immer nicht alles, obwohl ich die Gesetze und Vorgaben durchgelesen und mich in Foren schlau-gemacht habe. Vielleicht wäre ein Anwalt doch von Vorteil gewesen.«

Ralf schüttelte genervt den Kopf. »Ein Anwalt? Gerne. Aber doch nicht so einen, wie der damals bei deinen Freunden. Der hat ja mehr kaputt gemacht, als dass er seine Mandanten richtig beraten und vertreten hätte. *Solange man sich beim Sozialgericht selbst vertreten kann, sollte man das doch auch versuchen, oder nicht?«*

»Ja, vielleicht hast du recht. So ein Richter ist ja nicht da, um einen reinzulegen.« Sie verzog den Mund kurz nachdenklich zu einer Schnute und legte ihre Hände aufeinander auf die Tasche auf ihrem Schoß.»Trotzdem, ich habe ein komisches Gefühl.«

»In der Rechtssache Schmidt gegen BG Logistik bitte die Parteien in den Saal 103«, schnarrte es aus dem Lautsprecher.

»Dann man los.« Ralf stand auf, wartete auf seine Frau und trat mit ihr auf den Gang zu den Gerichtssälen.

*

Höflich bewegte sich Alexandra auf Stefan Behrens zu, der schon auf der Seite der Beklagten Platz genommen hatte, und reichte ihm zur Begrüßung die Hand. Sie hatte ihn als den Mann erkannt, der damals bei ihnen zu Hause die Mitschrift für seinen Vorgesetzten erledigt hatte. Ralf trat hinter ihr hervor und begrüßte den Sachbearbeiter der Berufsgenossen-

schaft ebenso freundlich. Doch der schaute nur kurz zu ihnen hin, erwiderte den Gruß und senkte den Kopf sofort wieder, um irgendetwas in seinen Unterlagen zu studieren. Ob er die beiden Schmidts wohl wiedererkannt hatte? Schien ja nicht so.

Um den Zeugentisch herum gingen die beiden wieder auf die rechte Seite des Raumes, wo üblicherweise die Kläger ihren Platz hatten. Die Unterlagen und das Schreibzeug lagen gerade erst auf dem Tisch vor Alexandra, als auch schon der Richter und die beiden Schöffen den Gerichtssaal betraten. Stille, eine kurze Begrüßung und ohne weitere Umschweife ging es los.

Richter Merz informierte sich über die Beteiligten und Alexandra konnte aufatmen. Obwohl sie nicht als Kläger galt, durfte sie als Ehefrau neben Ralf sitzen bleiben. Der Richter las die Klageschrift vor und erwähnte noch einmal die Befunde der Ärztin der Berufsgenossenschaft, die die Unterlagen geprüft und ihre Einschätzung ihren Auftraggebern mitgeteilt hatte.

»Laut Frau Dr. Heldt kann hier kein adäquates Ereignis stattgefunden haben«, meinte Richter Merz. »Es war kein bluti-

ger Gelenkerguss nachweisbar.« Er räusperte sich und blätterte in seiner Akte.
»Und wenn ich das hier so sehe, dann fehlen doch die Begleiterkrankungen. Dass
ein Kreuzbandschaden die Ursache für
Ihre Probleme sein sollen, da spricht doch
alles dagegen, Herr Schmidt.« Kopfschüttelnd blickte er zu Ralf und sah ihm genervt in die Augen. »Herr Schmidt! Was
Sie da berichten, das geht einher mit
massiven Schädigungen. So ein Arbeitsunfall, der von außen keine Schäden zeigt
und innen ist alles kaputt – das ist doch
unlogisch. Was Sie da haben, das kenne
ich doch auch. Das ist einfach nur dege-
nerativ. Einfache Abnutzung. Man wird
halt älter. Sehen Sie das endlich ein.«

Alexandra zitterte leicht und konnte
sich vor Ärger nicht zurückhalten. »Aber
es gab äußere Schäden. Die immer wiederkehrenden Schwellungen, die Narben
am Knie wegen der Wunden vom Aufprall
... was ist denn damit?«

Doch Richter Merz gebot ihr mit einer
herrischen Handbewegung, Ruhe zu geben. »Das können Sie sich abschminken,
dass damals das Kreuzband gerissen ist
...«

»Angerissen«, warf Alexandra mit zittriger Stimme ein und Ralf legte ihr beruhigend seine Hand auf ihren Unterarm.

»Still jetzt, Frau Schmidt.« Unwirsch schaute er wieder zu Ralf. »Sie können sich das abschminken, Herr Schmidt. Bei einer nur zweiwöchigen Arbeitsunfähigkeit kann es niemals zu einer Blutung gekommen sein. Punkt. Es gibt keinen Vollbeweis für einen Meniskusschaden. Punkt. Herr Behrens?«

Stefan Behrens hob abwehrend die Hände. »Wir haben die Unterlagen damals vernichtet. Das müssen wir, wenn es innerhalb von 10 Jahren nicht zu zusätzlichen Meldungen kommt. Da war nichts, deshalb haben wir auch nichts mehr von den Vorfällen damals.«

Richter Merz presste die Lippen aufeinander und nickte. »Da hören Sie es.« Er klatschte die Akte auf den Tisch. »Ihre Klage ist substanzlos, das ist Ihnen klar? Ziehen Sie die Klage zurück?«

Ralf schaute zu Alexandra und die schüttelte unmerklich den Kopf. »Nein, ich hätte gern ein Urteil.«

»Ihnen ist bewusst, dass Sie dann nach § 192 die Kosten zu übernehmen haben?«

Ralf zuckte nur mit den Schultern und

meinte irritiert: »Ja?«

»Gut. Wir werden uns jetzt zurückziehen und besprechen.« Richter Merz und die beiden Schöffen erhoben sich und zogen sich in den Raum hinter dem Richtertisch zurück.

Alexandra stand auf, um sich kurz die Beine zu vertreten. Ihre Augen glänzten verdächtig, doch die ruhige Art von Ralf half ihr, sich wieder etwas zu sammeln. »Irgendwas läuft hier gewaltig schief. Der glaubt uns einfach nicht«, flüsterte sie.

*

Kraftvoll warf Alexandra die Saaltür hinter sich zu. Sie krachte laut in die Zarge und zitterte beinahe so, wie Alexandra selbst vor Ärger zitterte. »Dieser Pappkopp von Richter, was war denn das?«, versuchte sie leise zu Ralf zu sagen, was ihr aber völlig misslang. »Was bildet der sich eigentlich ein. Das geht doch nicht, was für eine Unverschämtheit. Und dann noch dieser Behrens. Der lügt doch. Der kann was erleben, das wird ihm noch leidtun.«

Ralf legte ihr den Arm um die Schulter und schob sie ein Stück zur Seite. »Hier.«

Er reichte seiner Frau die Jacke und nahm ihr mit der anderen Hand die Tasche ab, damit sie sich anziehen konnte. Er gab ihr die Schultertasche zurück und atmete tief ein, während er Richtung Ausgang ging.

»Ich weiß auch nicht, was das da gerade war. Mit so einem Urteil habe ich nicht gerechnet. Eine Strafe wegen Missachtung des Gerichts, weil wir deren Zeit für ein Urteil verschwendet hätten.« Er seufzte. »Komm, lass uns hier verschwinden.«

Die anderen Leute auf dem Flur schauten dem Ehepaar irritiert hinterher.

*

Februar 2016

Alexandra wälzte sich im Bett hin und her. Sie konnte nicht schlafen. Der Tag vor Gericht, der war einfach zu viel für sie gewesen. Immer wieder dachte sie darüber nach, was sie falsch gemacht hatte, wo sie ihren Mann nicht richtig unterstützt, ihm vielleicht sogar geschadet hatte. Langsam schob sie die Beine aus dem Bett, schlüpfte in ihre Hauspantoffeln, stapfte vorsichtig um das Ehebett herum und tastete sich im Dunkeln an der Wand entlang Richtung Tür. Nur Ralf nicht aufwecken. Der musste schon in der Früh raus und um 6:00 Uhr auf der Arbeit sein. Auf dem Flur machte sie das Licht an und ging zum Arbeitstisch, den Ralf und sie dort aufgebaut hatten. Sie schaltete den PC an, setzte sich vor den Monitor und loggte sich in dem Orthopädieforum ein. Seit einigen Jahren suchte sie hier im Kreis von Gleichgesinnten nach Tipps. Gerade im Unterbereich ›Rechtsfragen‹ hatte sie schon häufig einige gute Ratschläge bekommen. Der Grund, warum sie vor dem Richter auch nicht klein beigegeben hatte.

Sie klickte auf das Unterforum und eröffnete einen neuen Beitrag:

»Heute habe ich wohl mal wieder den Vogel abgeschossen. Ich habe vor Gericht eine Klage nicht zurückgezogen, weil ich den genauen Inhalt wissen wollte und zudem fand, dass die Angelegenheit nicht vollständig ermittelt wurde, doch der Richter war dermaßen verärgert, wollte zu einer Rücknahme zwingen, es gäbe ja keinen Vollbeweis, alte Unterlagen wären vernichtet, doch da mein Mann und ich ohne Anwalt vor Ort waren, war uns dieses Urteil einfach wichtig. Kann ja jeder sagen, dass er meint, es gäbe keine Zusammenhänge zwischen einem Unfall und einer gesundheitlichen Schädigung.

Jedenfalls war der Richter so verärgert, dass er sich mit den Schöffen besprochen hat, wieder rauskam, das Urteil verlas und uns dann € 500,- Strafe aufbrummte, weil wir das Gericht ohne Grund angerufen und deren Zeit verschwendet hätten. Und er fand, das wäre noch eine geringe Strafe, die unnötige Arbeitszeit wäre eigentlich höher zu bewerten.

Schon ganz schon hart und absolut falsch, die Behauptung des Richters.

Ist einem von euch das schon einmal passiert? Muss man das hinnehmen? Nur weil man ein Urteil wollte und dem Richter Arbeit gemacht hat? Hoffentlich kommen nicht noch Prozessgebühren dazu, das wäre dann wirklich hart.

Den § 192 Abs. 1 SGG hatte ich mir schnell hingekritzelt, als er davon sprach. Damit konnten Ralf und ich aber nichts anfangen.

Und dieses Verfahren wurde nie missbräuchlich geführt, denn wir waren von

Beginn an der Meinung, dass unsere Argumentation korrekt ist und die Beklagte etwas übersehen hatte. Aber der Richter mit seinem ›Ich kann ja auch nicht hellsehen, doch es fehlt der Vollbeweis‹ und wir sollen die Klage zurückziehen ...

Ob die Klage sinnvoll war, konnten wir nie sehen, denn es gab ja nie ein Gutachten oder irgendeine Info eines Mediziners, die uns die Sachlage erklärt hätte. Wir wurden auch vor Gericht direkt darauf hingewiesen, wir könnten ja € 1.500,- ausgeben und selber einen Gutachter suchen.

Aber warum sollten wir? Höchstens als Gegengutachten zu einem Gerichtsgutachten, doch das war ja nie Thema.

Das hat man davon, wenn man Laie ist. Von wegen, das Sozialgericht berät die Parteien ...

Bei der Beklagten haben sie das anscheinend gemacht – der Richter meinte noch zu dem Vertreter: ›... sehen Sie, da haben Sie es besser formuliert, das hätten Sie schon in dem Widerspruchsschreiben machen müssen.‹

Was sollte denn das? Ich nenne das voreingenommen.«

Alexandra drückte auf ›absenden‹ und rieb sich die Augen. Das hatte was, sich einfach mal den Frust von der Seele zu schreiben. Sie musste auch nicht lange warten, denn anscheinend gab es noch so einige, die ebenso wenig um diese Uhrzeit das Bett hüteten. Aufgeregt antwortete sie einer Karla:

»Ja, einen Anwalt werde ich jetzt sicher ansprechen, auch, wenn es die Beratungsgebühr kostet. Das lass ich nicht auf mir sitzen, dass ich die Justiz missbräuchlich für was auch immer benutzt hätte. Wenn die Gegenseite alle Unterlagen vernichtet hat und Ärzte vergessen haben, Unfälle zu melden – da kann man wenig tun, das habe ich jetzt auch verstanden. Doch warum soll ich bestraft werden, wenn mir das bis in den letzten Minuten der Verhandlung gar nicht klar war und uns wesentliche Informationen vorab nicht mitgeteilt wurden? Genau, das stimmt, was du noch schreibst, Karla. Es ist das Verfahren meines Mannes, doch wir sind ein Team und mich trifft es genauso wie ihn. Ach, und wegen der nächsten Instanz mit Anwalt – genauso habe ich auch gedacht und auch in der

Verhandlung erwähnt, also dass wir das derzeit noch nicht entscheiden können, Gutachter und so, und deshalb um ein Urteil bitten. Da wurde aber einer böse, wie wir ihm nur so viel Zeit stehlen könnten, obwohl die Klage sinnlos wäre. Anscheinend soll die nächste Instanz ausgeschlossen werden, alle anderen Möglichkeiten, wie Kosten für ausgefallene Arbeitsstunden meines Mannes für den Gerichtstermin und so, wurden mit der Strafe auch gleich genommen. Dabei hatten wir so einen Antrag gar nicht geplant.

Toll, aber während der Verhandlung noch einmal darauf hinweisen, wir könnten doch einen Gutachter beauftragen und € 1.500 und mehr einplanen – das wäre gegangen? Da stimmt doch etwas nicht. Ich habe diese zig Rüffel nicht verstanden und die Strafe erst recht nicht.«

Alexandra musste nicht lange auf neue Fragen ihrer Forenfreunde warten. Sie antwortete sofort.

»Die Gegenseite meinte, nach 10 Jahren würden die Unterlagen vernichtet. Ob die Ärzte also wirklich keine Meldung mehr gemacht haben oder das ein vorgeschobener Grund der Unfallkasse war, weil sie bei einer Fusion alte Akten nicht übernommen haben und auch nicht mehr alles digitalisieren wollten? Keine Ahnung.

Was in den Akten stand, weiß ich nicht. Ich konnte nur wenige der alten Befunde noch bekommen, da es zwei der Praxen nicht mehr gibt und dem Gericht hat das ja nicht ausgereicht, was wir auftreiben konnten. Die heutigen Untersuchungen haben sie nicht anerkannt. Das wären alles degenerative Probleme und nicht auf Unfalltraumata zurückzuführen. Der Richter meinte, er würde das so sehen, könne zwar nicht hellsehen, hätte aber auch schon mal einen ähnlichen Unfall gehabt und mehr Schmerzen gehabt und schlimmere Auswirkungen ...

Leider konnten wir so den Vollbeweis, dass eine Schädigung bestanden hat, die ursächlich für die heutigen Gesundheitsprobleme ist, nicht führen. Da hat der Richter sicher recht, oder?«

Sie zögerte kurz und versuchte die Situation zu erklären.

»Der Richter hat keine Gutachter befragt, jedenfalls keinen, von denen wir
wüssten. Es wurde der Name einer Ärztin
genannt. Dazu haben wir aber keine Unterlagen. Vermutlich wurde der Sachverhalt nur anhand der Unterlagen ermittelt. Die heute behandelnden Ärzte bzw.
der Operateur, der den Schadensumfang
erst festgestellt hat, weil er im Magnetre-
sonanztomografen und im Ultraschall
nicht zu sehen war, wurden nicht befragt.«

Es gab diese rechtlich sehr versierte
Frau aus dem Forum, die Alexandra
schon viele Tipps gegeben hatte.

»Ach, Karla, ich habe mir während der
ganzen Verhandlung Notizen gemacht.
Zum Schluss betonte der Richter immer
wieder, dass die Klage aussichtslos sei.
Wir betonten, wir würden ein Urteil wün-
schen. Dann kam der Spruch, wir sollen
doch einen Gutachter bezahlen. Das haben wir verneint.
Und dann hat er gesagt, wir müssten
die Gerichtskosten als Unterlegene bezahlen, den genannten § 192 # 2 habe ich mir
so aufgeschrieben, wie jetzt auch und

hielt es für den Paragraphen für die Verfahrenskosten. Als der Richter dann in der Urteilsverkündung von einer Strafe sprach, weil wir das Gericht missbräuchlich angerufen hätten und die Klage nicht zurückgenommen hätten, also weil wir dem Richter extra Arbeit aufgebürdet hätten (er zählte noch auf, was seine Stunden und die der Gerichtsschreiber kosten würden), da waren wir baff. Das kam nicht so rüber, bevor das Gericht sich zur Beratung zurückgezogen hat.

Mir war nie klar, dass ich kein Urteil haben darf, wenn der Richter meint, die Klage könne man sich abschminken, wie er sich ausdrückte. Mit einer Strafe wegen Missbrauch habe ich nicht gerechnet.

Das beste war der Spruch der Gegenseite. So in etwa: Da könne ja jeder kommen, jedes Kind, das auf die Knie gefallen ist und dann Jahrzehnte später Meniskusschäden und Kreuzbandrisse auf den Vorfall zurückführen. Haha, sehr witzig, dieser Vergleich. Doch der Gegenseite nehme ich das nicht übel. Dem Richter schon. Der meinte, wir müssten das mit einem Apfel vergleichen. Es könne nicht sein, dass er, wenn man ihn an die Wand wirft, außen nicht kaputt ist, aber drinnen ist alles zerstört.

Sehr medizinisch fand ich die Erklärungen nicht, worauf das Gericht hinauswollte ist mir auch klar, doch auch ein Richter ist kein Mediziner, egal wie viele ähnlich gelagerte Fälle er jede Woche verhandelt.«

Ob das Problem wohl an unpräzisen Berichten und Diagnosen lag? Die Nachfrage einer anderen Forenfreundin ließ Alexandra lange grübeln:

»Es hätten ja immer neue Berichte dazukommen müssen, doch ich denke, in unserem Fall haben die behandelnden Ärzte ›vielleicht‹ (genau weiß ich das nicht) die Unfallfolgen auch nach Jahren nicht mehr der Unfallkasse gemeldet. Nur so kann ich mir das erklären.

Doch dass Versäumnisse oder das Vernichten von Akten nun solche Auswirkungen haben, das ist echt schlimm. Wir konnten nicht beweisen, dass die Atteste, die wir vorlegen konnten, alle aufgrund dieses Unfalles damals geschrieben wurden und nicht ein neuer Aspekt eines anderen Vorkommnisses waren.«

Sie rieb sich die brennenden Augen und legte das Kinn auf der abgestützten Hand ab, weil sie langsam müde wurde. Doch eines wollte sie unbedingt noch mitteilen. Eine Sache, mit der alles stand und fiel.

»Ich muss wohl abwarten, was im Urteil steht und wie das mit der Missbrauchsgebühr begründet wird. Mal schauen. Ich hoffe, der Richter konnte meinen wütenden Kommentar, als wir aus dem Gerichtssaal waren und die Tür geschlossen hatten, nicht zufällig hören und es gibt noch eine Strafe dazu. Das wäre es noch. Ich kann einfach manchmal meine Klappe nicht halten.«

Alexandra gähnte und schaute auf die Uhr. Uih, schon nach zwei. Jetzt wurde es aber Zeit, wieder ins Bett zu gehen und noch eine Mütze Schlaf zu kriegen. Sie meldete sich ab, fuhr den Computer runter und löschte das Licht. Gute Nacht, ihr Lieben, dachte sie müde und machte sich auf, zurück ins Schlafzimmer, zurück zu Ralf.

*

Kathrin tippelte unruhig von einem Fuß auf den anderen. Zum Glück sah das keiner der neuen Kollegen, denn die Tische in der hauseigenen Kantine verdeckten den Blick auf ihre Beine. Und falls der Leiter der Unfallkasse etwas bemerken sollte, würde er das sicher auf ihre Nervosität als neue Mitarbeiterin schieben. Kein Wunder, erster Arbeitstag, neuer Arbeitgeber, ganz allein vorne neben dem neuen Vorgesetzten. Und dann über dreißig Kollegen, die den Worten lauschten, die sie begrüßen sollten.

Er überreichte ihr den Blumenstrauß, den sie mit einem Lächeln annahm und fragte sich die ganze Zeit, was sie wohl geritten haben möge, sich diese Aufgabe anzutun. Sachbearbeiterin in einer staatlichen Unfallkasse, bei einer Berufsgenossenschaft, zuständig für tausende von Beschäftigten im Logistikbereich. Vom kleinen Auszubildenden bis zum Betriebsleiter – sie alle würden demnächst ihren Arbeitstag füllen. Nach einem Unfall wohlgemerkt, und nur die von L bis Z. Was tat sie hier bloß?

»Ja«, sagte der Vorgesetzte gerade. »Dies ist also Frau Kathrin Krause, die ab heute den Aufgabenbereich von Stefan

Behrens übernehmen wird. Sie hat bisher in der Verwaltung einer Polizeibehörde eine ähnliche Aufgabe übernommen und bringt somit schon ausreichend Erfahrung für ihre neue Stelle mit.« Er wandte sich ihr wieder zu. »Wunderbar, Frau Krause, dass es so schnell geklappt hat und wir Sie nun in unseren Reihen begrüßen dürfen.« Die neuen Kollegen klopften auf die Tische, um den Aussagen ihres Chefs Nachdruck zu verleihen.

»Wir wollen keine Zeit verschwenden, denn es gibt viel zu tun.« Er winkte eine der Kolleginnen zu sich. »Frau Höltkemeyer wird Sie zu Ihrem Büro bringen und Sie einweisen. Ich wünsche Ihnen einen angenehmen Einstand und viel Erfolg bei uns. Ich muss dann mal los. Sie kommen sicher klar.« Dann reichte er Kathrin noch einmal die Hand, nickte der Kollegin zu und verließ schnellen Schrittes mit einem kurzen grüßenden »Frau Höltkemeyer« den Raum. Das Schaben der Stühle auf dem Boden und die aufkommende Unruhe zeigten an, dass auch der Rest der Belegschaft sich auf den Weg zu ihren Arbeitsplätzen machte. Einige zu den Firmen der Region, die einen Kontrollbesuch erwarteten oder wo Unfallaufnahmen notwendig waren, und andere Mitarbeiter, die es zu ihren Schreibtischen zog, um Anträge zu bearbeiten, Rechtsgrundlagen herauszusuchen, Widersprüche und Zusagen zu formulieren, ärztliche Einschätzungen zu geben, Bescheide zu verschicken, Gerichtsverfahren vorzubereiten oder, wie Claudia Höltkemeyer und vormals Stefan Behrens, sich auf die korrekte Pflege der Akten zu konzentrieren.

Jetzt kam es darauf an, ob ihre neue Identität wasserdicht war. Kathrin holte tief Luft und begrüßte die Frau neben ihr. Die wuschelte sich durch das hellbraune Haar und schaute Kathrin mit offenem Gesicht an.

»Dann man los, Frau Krause. Ich zeige Ihnen mal, wie es hier so läuft.«

»Sie können gern *Kathrin* zu mir sagen, Frau Höltkemeyer«, bot Kathrin der jüngeren Frau an. Sie hatte schon vorher mitbekommen, dass sich hier alle duzten und wollte vermeiden, gleich am ersten Tag anzuecken oder unnötig aufzufallen. Mal abgesehen von ihrem neuen Nachnamen, der zwar ähnlich, doch immer noch fremd für sie war.

»Gern«, meinte diese. »Ich bin Claudia. Und für die nächsten Tage kannst du

126

mich mit allen Fragen löchern, die dir auf dem Herzen liegen. Nicht nur, wenn es um die Akten unserer Versicherungsnehmer geht. Da vorn ist der Paternoster. Wir müssen in das oberste Stockwerk.«

*

April 2016

Ralf schloss den Briefkasten auf und klaubte einen hellgelben DIN-A5-Umschlag heraus. Innen konnte er schmutziggraues Recyclingpapier erkennen. Ein amtliches Schreiben. Er schüttelte sich und blickte auf den Absender: Sozialgericht Detmold. Oh, nein! Ein Schauer überlief ihn und er musste mehrmals schlucken, um den dicken Kloß in seinem Hals wieder loszuwerden. Schnell ging er zurück ins Haus, auf der Suche nach seiner Frau. Alexandra stand in der Küche an der Kaffeemaschine, füllte für ihn das frisch gemahlene Kaffeepulver in den Filter und drückte auf den Anschalter. »Kaffee ist gleich fertig, Ralf«, meinte sie im Umdrehen und blieb erschreckt stehen. »Was ist passiert?«

Wortlos reichte Ralf seiner Frau den Brief und ging leicht schwankend zum

Küchenstuhl an der Wand. Er setzte sich und rieb sein schmerzendes Knie mit den Händen. »Mach du auf. Ich will's gar nicht wissen. Kann ja nichts Gutes bei rausgekommen sein.«

Alexandra lehnte sich an die Küchen- insel, riss den Umschlag auf und überflog den allgemeinen Teil. »Da haben die aus mir doch glatt eine Sandra gemacht«, stieß sie aufgebracht hervor. »Hören die einem überhaupt richtig zu? Das kommt davon, wenn man auf Protokollführer verzichtet.« Sie blätterte weiter und las das Urteil quer. »Das übliche Blabla, das gucke ich mir nachher noch mal in Ruhe an. Aber hier hinten, am Schluss, da steht noch etwas. So eine Begründung für das Urteil. Soll ich mal vorlesen?«

Ralf nickte.

»Also. Dies und das und dann: ›Dass der Kläger auf einer gerichtlichen Ent- scheidung bestand, zeigt dabei ein hohes Maß an Uneinsichtigkeit. Dabei hat er sich in Widerspruch gesetzt, als er von der Einholung eines Gutachtens auf seine Kosten keinen Gebrauch machte. Offen- sichtlich wollte er damit sein Geld für ein solches sinnloses Gutachten nicht ver- schwenden, wohl aber die Zeit des Gerichts für die Absetzung des Urteils. Dies war nicht hinnehmbar, denn eine fehlende Einsichtsfähigkeit in die Aussichtslosigkeit kann nicht festgestellt werden.‹ Und so weiter und so fort.« Alexandra schnaubte. »Sehr witzig. Tja, wie soll man ein einsichtiger Kläger sein, wenn einem erst beim Gerichtstermin von irgendwelchen ärztlichen Einschätzungen erzählt wird und einem wichtig ist, dies auch schriftlich zu bekommen? Warum missbrauche ich das Gericht, wenn mir wichtige Informationen vorenthalten wurden? Warum sollte ich ein Gegengutachten finanzieren, wenn es bisher kein bekanntes Gutachten gab, auf das man sich hätte beziehen können?« Sie klatschte das Urteil auf die Arbeitsplatte und stürzte zu Ralf, der aufstand und sie fest in seine Arme nahm. »Ich begreif das nicht, Ralf. Warum verstehen die uns so falsch? Solche Leute sind wir doch nicht. Du forderst doch nichts Schlimmes, sondern nur dein Recht ein. Irgendwie haben wir alles falsch gemacht.« Unter lautem Schluchzen setzte sie sich auf den zweiten Küchenstuhl neben ihren Mann und starrte kopfschüttelnd vor sich hin. »Versteh ich nicht«, flüsterte sie.

Im Hintergrund gluckerten die letzten Tröpfchen des Kaffees in die Glaskanne und die Maschine zeigte mit lautem Piepen an, dass sie ihre Arbeit beendet hatte.

Für Alexandra und ihren Mann aber, da fing die Arbeit jetzt erst richtig an.

*

Zu neugierig zu sein machte wenig Sinn, das war Kathrin wohl klar. Die neuen Kollegen sollten nicht merken, welcher Aufgabe sie hier nachging. Darum konnte sie auch nur neben ihrer normalen Archivarbeit den Fragen nachgehen, deren Antworten das Team der Soko Sozial und sicher auch die Mordkommission unter Jens Kuhlmann brennend interessierten.

Kathrin schloss die Schreibtischschublade auf und nahm ihren Schlüsselbund mit dem Archivschlüssel heraus. Sie griff nach ihrer Kladde, einer Aktenmappe und einem Stift und öffnete gerade die Bürotür, als sie direkt mit einem der Vertragsärzte zusammenstieß. »Oh, bitte entschuldigen Sie. Hatten wir einen Termin?«

»Nein«, antwortete er harsch. »Wo ist die Höltkemeyer?«

»Zu Tisch. Sie müsste in einer halben Stunde wieder zurück sein. Soll ich ihr etwas ausrichten?«

»Nein, nein. Ich kläre das selbst mit ihr.« Der Arzt drehte sich grußlos um und marschierte Richtung Paternoster.

Was für ein unhöflicher Kerl, dachte Kathrin und schloss die Tür zu ihrem Büro hinter sich ab, bevor sie zum Archivraum rüberging. Sie drehte den Schlüssel im Schloss und öffnete mit dem Hebel die Türsicherung. Zwanzig Minuten hatte sie nun. Allein im Archiv. Allein mit den Fragen, die für so manchen Versicherten eine Wende in ihrem Antragsverfahren bedeuten würde. Wenn es jemanden geben würde, der sie endlich beantwortete. Und dieser Aufgabe hatte sich Kathrin verschrieben.

Sie zog die schwere Archivraumtür hinter sich zu und machte sich auf die Suchen nach fünf Vorgängen, die hier in diesen Stockwerken abgelegt waren. Jetzt musste sie sich nur noch beeilen, dann hätte sie schon das erste Rätsel gelöst. Und für weitere bräuchte sie dann doch die Hilfe von Kollegen. Sie musste das Vertrauen von Claudia Höltkemeyer gewinnen.

*

Januar 2017

Das Neujahrstreffen der Richter an den Sozialgerichten in NRW war mal wieder ein Volltreffer. Die Organisatoren hatten sich selbst übertroffen. Entsprechend voll war es. Anerkennend blickte Winfried Lehmann sich im Schankraum des Brauhauses in Bielefeld um. Vielleicht nicht sehr ostwestfälisch, die Dekoration in Blau-Weiß, doch die offenen Fachwerkbalken und die Mischung aus Holz- und Bruchsteinelementen machte es wieder wett. Ganz hinten in der Ecke entdeckte er auf einem der Bänke seinen Kollegen vom Sozialgericht in Detmold, der winkend den Arm hochstreckte. Lehmann ging auf ihn zu. »Hallo, Peter. Tolles Lokal habt ihr diesmal gefunden. Ich hätte nicht gedacht, dass ich mit dem Zug so leicht hierhin kommen kann. Ein Katzensprung.«

»N'Abend, Winfried.« Peter Merz reichte seinem Kollegen vom Landessozialgericht die Hand. »Finde ich auch. Haben die Jungs hier aus Bielefeld gut ausgesucht. Hier«, er reichte Lehmann die Karte, »gegessen wird à la carte. Die Bedie-

nung kommt gleich rum und nimmt die Bestellungen auf. Der Schweinebraten mit Klößen und Rotkohl, den habe ich hier schon mal gegessen. Echt zu empfehlen.«

Lehmann blätterte durch das Tagesangebot und gab seine Bestellung auf. Als die Bedienung wieder außer Sicht war, rückte er ein wenig an Merz heran. »Du, bevor hier der gemütliche Teil losgeht, ich hab da noch eine Rückfrage an dich. Vielleicht erinnerst du dich an den Fall mit dem Kläger, der ein kaputtes Knie als Auswirkung eines Arbeitsunfalls von vor bald dreißig Jahren angab und die Anerkennung von der BG verlangte.«

»Hm.« Merz runzelte die Stirn. »Ich habe jede Woche so einige BG-Fälle, immer mehrere hintereinander. Hast du einen Namen oder etwas Besonderes?«

»Ja. Der Mann heißt Schmidt, Ralf Schmidt. Beklagte ist die BG Logistik. Und du hast ihm zum Schluss eine Strafe von € 500,- aufgebrummt.«

»Stimmt, da war was. Der wollte ein schriftliches Urteil und weigerte sich, die Klage zurückzunehmen. War der nicht mit seiner Frau da? So eine nervige, die immer wieder dazwischenquatschte?«

Lehmann lachte. »Keine Ahnung, ich war nicht dabei. Der Schriftverkehr zwischen den Parteien läuft bei uns in Essen über eine Anwältin und die Rechtsabteilung der BGL.«

»Und? Womit kann ich dir helfen?«

»Du hast kein Amtsermittlungsverfahren eingeleitet, richtig? Also kein gerichtlicher Gutachtenauftrag?«

»Nee, warum auch? Was in den Akten der BG stand, war sowas von eindeutig. Deren Amtsärztin hat das auch so gesehen. Warum unnötig Geld rausschmeißen?«

»Oh, Mann, Merz. Du weißt aber schon, dass das Aktenstudium der Unterlagen der BG für dich tabu ist, oder?«

»Nerv nicht. Ich bin ja nicht blöd. Der Fall war klar. Es wird sicher keine alten Akten mehr geben. Die Firma von damals ist pleite. Der Nachweis der Regelbetreuung der Mitgliedsfirma durch die BG und die Akten des Arbeitsschutzmanagementsystems ist nach so vielen Jahren vernichtet. Ohne Beweise für einen nachhaltigen Arbeitsunfall konnte ich nicht positiv für den Kläger entscheiden.«

»Und jetzt hab ich den Mist bei der Berufung am Hals. Ich musste dem Kläger

ein Privatgutachten nach dem 109er ge-
währen. Und das wird sicher Zusammenhänge von damals und heute aufzeigen.
Warum sollte man sonst so viel Geld in
die Hand nehmen? Macht ja keinen Sinn.«
Lehmann haute genervt mit der Faust auf
den Tisch. »Und was dann?«

»Dann schiebst du eben ein 106er-
Gutachten nach.«

Lehmann riss die Augen auf und starrte seinen Kollegen an. »Bist du verrückt?
Reichlich ungewöhnlich, die falsche Rei-
henfolge.«

»Na und?« Peter Merz zuckte nur mit
den Schultern. »Wenn interessiert's? Das
ist doch allein deine Entscheidung, wenn
du den Ergebnissen nicht vertraust. Ihr
habt doch da in Essen diese BG-Klinik.
Da wird es doch sicher Leute geben, die
das richtig beurteilen können.«

»Mensch, Merz, richtig! Gute Idee. Mit
dem Wilhelmi von der Chirurgie, mit dem
hatte ich schon öfter zu tun. Wir sind per
Du.«

»Na also, geht doch. Jetzt warte aber
erst mal ab, was im Privatgutachten
steht. Und dann kannst du dich entscheiden, wie du vorgehst.« Er klopfte seinem
Kollegen auf die Schulter. »Da kommt un-

ser Frischgezapftes. Heute wird gefeiert. Über Morgen denken wir nach, wenn es soweit ist. Prost, Winfried.«

*

Februar 2017

Es roch leicht nach Zitronenmelisse, so richtig schön frisch. Und es war auch nicht so überheizt und stickig, sondern angenehm warm. Die Architekten und Heizungsfachleute der Ansgarklinik in Badenhausen hatten sich richtig Mühe gegeben, das Klima auf der orthopädischen Station auch an diesem kalten Wintertag perfekt zu planen und regeln zu können.

Ralf hatte sich von Anfang an hier wohlgefühlt. Und das war nicht dem Umstand geschuldet, dass Professor Gerber, der Chefarzt, eine Koryphäe auf dem Gebiet der Kniechirurgie war – davon hatten Alexandra und er vorher gar nichts gewusst, als sie verzweifelt nach einem Gutachter gesucht hatten. Nein, das war die ganze Atmosphäre auf dieser Station. Die Vorgespräche, die Untersuchung – Ralf fühlte sich ernst genommen und verstanden.

Okay, dies hier, das war ein Privatgutachten, kein Wunder, dass sich ein Sachverständiger da besonders viel Mühe gab,
um die Fragen des Patienten und natürlich des Gerichts klären zu können.
Trotzdem war Ralf bisher noch nie so
ausgiebig untersucht worden. Röntgen-
aufnahmen aus allen möglichen Blick-
richtungen, Tastuntersuchungen, Gang-
bildvorführungen, ausführliche Anamne-
se. Und dann noch das gründliche Studi-
um all der Unterlagen, die die Gerichtsakte füllten. Plus der Gespräche und der
Aufzeichnungen, die schon von Untersuchungen aus früheren Jahren und von der
OP Ende 2014 vorlagen.

Und nun saß er hier im Chefarztzim-
mer und wartete auf die Abschlussbespre-
chung nach dem Untersuchungsmara-
thon, der hinter ihm lag. Lang dauerte es
nicht, da öffnete sich schon die Tür, Professor Gerber trat ein und setzte sich an
seinen riesigen Schreibtisch. Ein Schreibtisch, der ordentlich aufgeräumt war und
neben der Telefonanlage, der Lederunter-
lage nebst Stiftablage und der Patienten-
akte nur von einer Mini-
Skelettnachbildung verziert wurde. So

ordentlich und aufgeräumt, wie der Professor selbst auf Ralf wirkte.

»So, Herr Schmidt. Für heute hätten Sie es geschafft. Ich habe nun alle wichtigen Informationen zusammen und werde dann alles auswerten und meinen Bericht an das Landessozialgericht schicken. Gibt es von Ihnen aus noch Fragen oder noch was Wichtiges, das ich noch wissen muss?«

Ralf schüttelte den Kopf. »Nein, Sie müssten alle Unterlagen haben. Obwohl, eine Frage hätte ich noch.« Er legte die Hände auf die Oberschenkel und verschränkte sie. »Warum hat man erst während der OP erkannt, dass ein Kreuzband gerissen war? Ich wurde doch extra zu einem speziellen Radiologen geschickt, aber keiner hat das auf den Aufnahmen entdeckt.«

Professor Gerber presste die Lippen zusammen und schnalzte. »Warten Sie mal.« Er blätterte in der Akte und entnahm ihr eines der älteren Röntgenbilder, dann schob er es Ralf zu und deutete mit einem Zeigestab darauf. »Sehen Sie das hier, den Riss?«

»Nein.«

Professor Gerber drehte sich auf seinem Schreibtischstuhl um und ging zum Leuchtkasten hinter sich, in der Hand eines der Bilder von heute. Er klemmte es fest, knipste die Lampe an und zeigte auf einen Bildausschnitt. »Und hier? Kommen Sie ruhig her.«

Ralf stellte sich vor den Kasten und kniff die Augen zusammen, um besser sehen zu können. »Ja, da sehe ich was. Ist das das gerissene Kreuzband?«

Der Professor nickte, löschte das Licht, wies mit der Hand zum Patientenstuhl und nahm auch wieder Platz. »Da sehen Sie den Unterschied der damaligen Untersuchung und der Untersuchung heute. Wir haben unzählige Aufnahmen aus allen Richtungen gemacht, um präzise den Zustand des Kniegelenks und seiner Bänder erkennen zu können. In der täglichen Praxis ist das nicht möglich. Es gibt eine Vorgabe der Krankenkassen, wie viele Aufnahmen abgerechnet werden können, und wenn eine wesentliche Stelle nicht erfasst wurde, dann kann es schon mal passieren, dass ein Schaden erst bei der OP entdeckt wird. Gesundheitlich nicht so problematisch, da Meniskus und Band nicht gleichzeitig operiert werden sollten, *doch in Ihrem Fall mehr als ärgerlich, weil Ihnen wichtige Argumente fehlten, als Sie den Antrag bei der Unfallkasse gestellt hatten.«*

»O ja, da haben Sie recht. Als ich den OP-Bericht bekam, da war das Widerspruchsverfahren schon abgeschlossen und die Berufsgenossenschaft wollte nur noch eine Klage akzeptieren.« Ralf seufzte. »Was für ein Durcheinander.«

»Wir werden sehen, wie es weitergeht. Ich werde meine Einschätzung schreiben und dann muss das Gericht entscheiden«, meinte Professor Gerber und gab seinem Patienten die Hand. »Alles Gute, Herr Schmidt.«

*

Der Rasen war braun. Verbrannt. Leblos. Dieser Sommer hatte die Natur ziemlich leiden lassen. Nicht wegen der Hitze, eher wegen der Dürre, gegen die die Hobbygärtner irgendwann nicht mehr angießen konnten. Und die städtischen Gärtner in Bielefeld auch nicht. Die Anwohner halfen mit, indem sie die Straßenbäume mit ausreichend Wasser versorgten, denn Regen war in letzter Zeit kein Thema mehr.

Tröpfchen auf den ausgedörrten Boden, mehr nicht.

»Du, Claudia, musst du manchmal mit zu den Gerichtsterminen beim Sozialgericht in Detmold?« Ihre Kollegin aus dem Nachbarbüro war gerade ins Büro gekommen, einen Packen Aktenmappen auf dem Arm.

»Nö. Wieso sollte ich? Das machen doch die Leute aus der Rechtsabteilung. Die vertreten unsere BG vor Gericht.«

»Das war nur so komisch. Ich hatte letztens ein paar Fälle zu den Akten zu legen und da waren auch Ladungen zu mündlichen Verhandlungen, wo Stefan Behrens für so einige Termine bevollmächtigt war.«

»Ach so, Stefan meinst du. Ja, das kann sein. Er hat in einigen Fällen die Kollegen vom Recht vertreten, wenn zur gleichen Zeit Termine beim Landessozialgericht in Essen anstanden. Da musst du dir aber keine Gedanken machen. Stefan war schon ewig hier. Er hat hier seine Ausbildung gemacht und hat in den letzten dreißig Jahren alle Abteilungen kennengelernt und einige Fortbildungen und Zusatzzertifikate gemacht, bis er hier im Archiv gelandet ist. Da kam es schon mal vor, dass er einen der Gerichtstermine wahrnehmen musste. Er war der einzige, der die Qualifikation dazu hatte.«

Kathrin wandte ihren Blick erneut von dem vertrockneten Rasenstreifen im Hinterhof des Versicherungsgebäudes und musterte die Feuertreppe, die sich von der Fenstertür im Gang vor ihrem Büro die drei Stockwerke bis zum Mitarbeiterparkplatz im Hof hinabschlängelte.

»Was meinst du, ist darüber wohl der Täter geflüchtet, an dem Tag, als mein Vorgänger gestorben ist?«, fragte sie Claudia, die nun hinter ihr stand und mit ihr in den Hof schaute.

»Wie kommst du denn darauf?«

»Ich dachte, die Tür im Gang wäre auf gewesen. Stand das nicht in der Zeitung?«

»Weiß nicht. Keine Ahnung, wo du das herhast. Die Tür ist immer zu. Schon allein wegen der Klimaanlage.« Claudia drehte sich abrupt um und ging zur Tür. Die Unterlagen, die sie Kathrin vorbeigebracht hatte, knallte sie auf den Schreibtisch und rauschte grußlos hinaus. Kathrin schaute ihr kopfschüttelnd hinterher. Was war denn bloß mit Claudia los? Nun ja, das mit der Klimaanlage war schon was Feines und das Fenster und Türen für die richtige Funktion geschlossen bleiben mussten, da hatte sie wohl recht. Vom Klima war das hier ein perfekter Arbeitsplatz. Jedenfalls vom Raumklima. Kathrin unterdrückte ein Seufzen. Lieber würde sie wieder während dieser noch anhaltenden Hitzeperiode schwitzen, hätte sie das wohltuende Betriebsklima ihres alten Teams in Badenhausen endlich zurück. Doch sie musste noch aushalten. Diese seltsame Arbeitsatmosphäre hier im Haus, die ihre Hände kribbeln ließ und ihre Arme wieder einmal mit Gänsehaut überzog, belastete sie. Und das nicht nur wegen der kühlenden Luft aus den Belüftungsrohren.

*

März 2017
»Puh, ich bin so erleichtert. Heute kam das Gutachten für meinen Mann. Seine Kniebeschwerden und das gerissene Kreuzband sind eindeutig auf den Arbeitsunfall vor 28 Jahren zurückzuführen.

Wenn der Richter der zweiten Instanz dem folgt, kann ich dem Richter der ersten Instanz ob seiner €-500,-Strafe wegen

Missachtung des Gerichts innerlich die Zunge rausstrecken. Nö, mein Lieber. So läuft das nicht. Man versucht nicht, Klägern ein schriftliches Urteil zu verweigern, indem man ihnen mit einer Strafe droht und das auch noch durchsetzt. Das lässt eher den Kampfeswillen im Kläger erstarken. Jetzt erst recht! Man kann sich ja nicht alles gefallen lassen.

Also – heute ein erstes tiefes Aufatmen. Und? Kriegt die Berufsgenossenschaft nun Schnappatmung vor Wut?«

Alexandra las ihren Beitrag fürs Forum noch einmal durch, klickte auf ›senden‹, meldete sich ab und klappte den Rechner zu. So schön, dass es endlich positive Nachrichten für sie und Ralf gab. Nun musste es doch was werden mit dem Gerichtsverfahren. Jetzt hatten sie eine Chance, dem Richter den Beweis für den Arbeitsunfall vorzulegen. Endlich!

*

Der Weg führte Katja und Frank durch Langenholzhausen und dann direkt hinter dem Friedhof rechts ab weiter Richtung Tevenhausen. Familie Schmidt war

vor über zwanzig Jahren von Badenhausen in diesen Ortsteil von Kalletal gezogen. Das Leben im alten Haus war für
Ralf Schmidt nicht mehr möglich gewesen. Zu viele Treppen, zu viele Steigun-
gen, die seine Knie unnötig belastet hatten.

»Machst du das noch, auf den Friedhof
gehen und Zwiesprache halten, um deine
Gedanken zu einem Fall zu sortieren?«,
fragte Frank, während er den Dienstwagen umsichtig die kurvenreiche Strecke
durch das Tal lenkte.

»Manchmal.« Katja hob den Kopf und
klappte die Aktenmappe zusammen, die
sie während der Fahrt studiert hatte.
»Aber nicht bei Stefan Behrens. Er ist ja
sicher in Bielefeld beerdigt, der Weg wäre
mir dann doch zu weit. Doch wo du das
erwähnst, vielleicht sollte ich meine Lieblingsbank in Langenholzhausen wieder
aufsuchen. Da habe ich schon manch gute
Idee gehabt.«

Damit spielte die Hauptkommissarin
auf die Zeit an, als sie am Grab ihres
Mannes gesessen hatte, um still mit ihm
all das zu besprechen, was ihr durch den
Kopf ging. Sie fühlte sich ihm an dem Ort
nah. Und dann hatte es sich herausge-

stellt, dass dieses Gefühl stimmte. Jan Sollig war immer mal wieder in ihrer Nähe. Ihn trieb die Sehnsucht an den Ort, an dem er seine Frau vermutete. Sie schien gespürt zu haben, dass nicht seine sterblichen, verbrannten Überreste beerdigt wurden. Er war damals nicht in der Nähe des Unfallortes gewesen, an dem sein geliebter Oldtimer in Flammen aufgegangen war. Stattdessen saß er über Monate als Kronzeuge versteckt in einem Waldhäuschen. Jan war von einigen Wochen ausgegangen und daraus waren dann bald zwei Jahre geworden. Und das hatte er nicht ausgehalten und sich immer wieder von seiner Sehnsucht zu den Orten treiben lassen, an denen er Katjas Nähe spüren konnte. Und manchmal konnte er sie sehen. Wenn auch nur aus der Ferne.

Plötzlich trat Frank in die Bremsen und riss Katja aus ihren Gedanken. »Hier rechts hoch, oder?«

»Genau, das ist der Weg, an dem das Fachwerkhaus von Ralf und Alexandra Schmidt liegt.« Sie wies nach vorn. »Da, da links, da ist die Hofeinfahrt.«

Frank setzte den Blinker, fuhr langsam den geschotterten Weg hoch und stellte

das Auto am Randstreifen vor einer Ei-
benhecke ab. Er schaute auf die Uhr.
»Passt. Fünf Minuten vor der Zeit ...«

Seine Kollegin knuffte ihn in die Seite.
»Sehr witzig. Komm, raus mit dir. Schau,
die Schmidts warten schon auf uns.«

Das Ehepaar Schmidt kam auf die beiden Kommissare zu und begrüßte sie.
Skeptisch und kurz angebunden. Katja
schätzte die Situation gleich richtig ein.
Sie fragte nach einem Platz, wo man sich
hinsetzen könne und ließ sich und Frank
durch ein Tor hinten in den Garten führen, wo eine gemütliche Sitzgruppe aus
vergrautem Holz für ihr Kommen vorbereitet war.

»Wir haben auf unseren Anwalt oder
besser gesagt auf den Strafverteidiger
meines Mannes verzichtet, weil er meinte,
es wäre nicht nötig, dass er bei diesem
Gespräch dabei ist. Ich hoffe, diese Entscheidung war kein Fehler, Frau Sollig«,
meinte Frau Schmidt, setzte sich auf die
Bank und blickte ihren Mann neben sich
eindringlich an.

Katja zog sich einen der Gartenstühle
heran und auch Frank wählte sich einen
aus. Zu Dritt auf der Bank wäre auch
nicht gerade passend gewesen, dachte

Frank und versuchte ein Grinsen zu unterdrücken.

»Sie müssen sich keine Gedanken machen«, bemühte sich Katja, ihr Anliegen zu erläutern. »Wir möchten Ihre Strafanzeige gegen Herrn Behrens gerne abschließen und haben dazu noch einige Fragen. Es hat nichts mit dem Verfahren gegen Sie zu tun, Herr Schmidt. Wir beschäftigen uns in unserem Kommissariat nur mit sozialen Fragen, nicht mit Kapitalverbrechen, wie man das früher mal genannt hat. Frank?«

Der nickte und holte Stift und Notizbuch aus der Jackentasche. Die Jacke legte er über die Armlehne und genoss den Blick durch den idyllischen Garten mit zum Teil sogar noch belaubten Bäumen und vielen grünen Sträuchern an diesem warmen, sonnigen Herbsttag. Eine Verlängerung der Sommermonate, nur nicht ganz so heiß. »Wirklich schön hier«, bemerkte er und an Katja gerichtet, »ich bin soweit.«

»Wie kam es, dass Sie Stefan Behrens angezeigt haben? Warum nicht die Berufsgenossenschaft selbst?« Katja schaute Ralf und Alexandra Schmidt entspannt und freundlich an.

Frau Schmidt beobachtete ihren Mann und der nickte ihr kurz zu. »Ja, das haben wir auch schon gemerkt, dass das ein Fehler war.«

»Warum?«, hakte die Kommissarin nach.

»Weil die Strafanzeige nun ins Leere läuft, nicht wahr? Es gibt ja keinen Schuldigen mehr, der bestraft werden könnte.« Sie schluckte schwer. »Aber zu Ihrer Frage: wir haben Herrn Behrens angezeigt, weil er von Anfang an unseren Fall kannte. Er ist immer involviert gewesen und muss einfach gewusst haben, was wahr ist und dass mein Mann sich da nichts ausdenkt.« Ihre Stimme wurde schrill.

»Was heißt das, er wäre von Anfang an involviert gewesen?«

»Das ist doch bekannt. Direkt nach dem Unfall kam er mit seinem Vorgesetzten und einem Kollegen aus der Firma zu uns nach Hause, um den Unfallbericht aus Ralfs Sicht aufzunehmen. An dem Tag waren die beiden vorher in der Firma gewesen und haben seinen Arbeitsplatz besichtigt und das Unfallgeschehen skizziert, damit so etwas nicht noch mal passieren kann. War ja eine verdammte

Schlamperei damals, das mit dem Verpackungsmüll zwischen den Rollbahnen. Der Behrens wusste ganz genau, dass das alles nicht so eine Kleinigkeit war und Ralfs Schmerzen echt. Und dann plötzlich stimmt das alles nicht mehr, soll nur so 'ne kleine Schwellung gewesen sein? Die spinnen doch. Sein ganzes Leben ist er dadurch eingeschränkt gewesen. Hinknien, hocken, geht doch alles nicht mehr problemlos.« Alexandra Schmidt schnappte nach Luft und ihr Mann berührte beruhigend ihre Schulter.

Frank schrieb eifrig mit und linste zu Katja rüber, denn dieser neue Aspekt ihrer Ermittlungen war ihnen fremd.

»Davon steht aber nichts in den Akten, oder? Ich kann mich nicht daran erinnern, das gelesen zu haben.« Katja zog nachdenklich die Brauen hoch.

»Soweit waren wir noch gar nicht.« Ralf Schmidt sprach für seine Frau weiter, die sich ein Glas Wasser vom Tisch nahm und erst ein paar Schlucke trinken musste. »Das hatten wir uns für das Verfahren aufbewahrt, dazu hatte uns unser Anwalt geraten, um noch etwas in der Hinterhand zu haben. Als Beweis, dass die da in dem Laden bei den Akten geschummelt haben. Der Behrens hätte doch nicht ernsthaft vor einem Richter gelogen und das verneint, dass er dabei war. So etwas kann ich nicht glauben. Aber das war's ja wohl mit der tollen Strategie.«

»Die haben ja gar nichts geglaubt, die totale Mauschelei. Der Richter damals meinte sogar noch zu Herrn Behrens, er hätte mal gleich die Ablehnung unseres Widerspruchs korrekt bescheiden müssen, dann wäre unsere Klage direkt ins Leere gelaufen. Hat er nur leise gesagt, aber gehört haben wir das trotzdem.« Alexandra Schmidts Stimme wurde schon wieder lauter. »Und die Bundeswehr und der Katastrophenschutz waren uns auch keine Hilfe mehr. Die Ausmusterungsunterlagen sind nicht mehr zu finden. Der heutige Zugführer vom Katastrophenschutz weigert sich, überhaupt nach Unterlagen von damals zu suchen. Es hat sich alles gegen uns verschworen.« Sie fing an zu weinen und lehnte sich an ihren Mann, der sie tröstend in die Arme nahm. »Trotzdem«, sie schniefte laut, »dass er jetzt tot ist, das hat er nicht verdient. Das ist so schrecklich. Und dann auf diese Art.«

Ihr Mann versuchte ihren Ausbruch zu erklären. »Sie müssen meine Frau entschuldigen. Seit drei Jahrzehnten leide ich unter dem Unfall und wir kämpfen für die Anerkennung. Allein die Kosten für den Umzug hier nach Tevenhausen, den Umbau, barrierefrei, das alles ... Ich bin jetzt Mitte fünfzig, bis zur Rente, das halte ich nicht mehr aus. Die kaputten Knie nach dem Unfall, das geht doch nicht einfach weg. Riss ist Riss. Und dann schmeißen die bei der Kasse die Unterlagen weg. Das kann man doch nicht glauben. Meine Frau tut alles, um das beweisen. Das Gutachten, die alten Unterlagen der Ärzte, das hat doch alles sie zusammengesucht und überall herumtelefoniert. Und dann wird das vor Gericht nicht anerkannt. Und unsere Hoffnung in dieses Strafverfahren ... Die Wand vor uns wird höher und höher und wir kommen nicht dagegen an. Berge an Steinen werden uns in den Weg gelegt.« Ralf Schmidt wurde immer stiller und seine Augen ebenfalls tränenfeucht. Seine Frau presste fest seine Hand und die beiden gaben sich Halt.

Katja stellte ihm noch ein paar der offenen Fragen und verabschiedete sich dann. »Wir waren erst am Beginn der

Ermittlungen und werden diese Akte nun schließen müssen. Die Staatsanwaltschaft wird Sie beide darüber informieren. Wir finden allein raus, danke, dass Sie mit uns gesprochen haben.«

Sie und Frank ließen eine Frau mit rot verquollenen Augen und einen sanften Ehemann zurück, denen sie in diesem Fall nicht helfen konnten.

*

April 2017

Im Hörer der alten Telefonanlage piepte es achtmal und schon erklang das Freizeichen. Ungeduldig wartete er auf seinen Gesprächspartner und drückte nervös am Kugelschreiber herum. Klick, klack, klick, klack – ohne Unterbrechung.

»Notfallambulanz Klinikum Essen. Womit kann ich Ihnen helfen?«

Der Kuli landete auf dem Tisch und rutschte gegen die Wandverkleidung. »Landessozialgericht Essen. Verbinden Sie mich mit Dr. Wilhelmi von der Orthopädischen. Er weiß Bescheid.«

»Moment.«

Schon wieder klingelte es in der Leitung. Er klopfte nun mit den Fingerkuppen auf der Tischplatte herum.

»Ja? Dr. Wilhelmi am Apparat.«

»Richard? Endlich. Winfried hier. Ich habe hier einen § 109 für dich. Ich brauche ein Gegengutachten. Arbeitsunfall mit einem dicken Knie. Vor über 25 Jahren. Die BG Logistik weiß von nichts. Schicke dir die Akten mal rüber. Kannst du das übernehmen? Hat auch Zeit, wir haben hier genug zu tun.« Endlich holte er Luft.

»Tag, Winfried. Ja, doch, das lässt sich machen. Von wem ist denn das Vorgutachten?«

»Von einem dieser sogenannten Kapazitäten aus der Ansgarklinik in Badenhausen«, spie er aus und rieb die Spucketröpfchen mit dem Handballen von der Schreibtischunterlage. »Professor Dr. Irgendwie, fällt mir gerade nicht ein, der Name.«

»Professor Gerber? Der Chefarzt vom Ansgar? Schau an. Das wird ein spannender Auftrag. Schick mal rüber, die Unterlagen.« Im Hintergrund schlug eine Tür zu. »Winfried, ich muss los. Wir haben ei-

nen Notfall. Ich melde mich.« Und schon war die Leitung tot.

*

Auf der Rückfahrt saß Katja still neben ihrem Kollegen und dachte nach. Über ein Ehepaar, das ihr so gar nicht wie zwei Mordgesellen erschien, sondern wie zwei Kämpfer, die kurz davor waren aufzugeben. Ihre Ansprüche, ihren Kampf, ihre Hoffnungen, ihr Wissen. Aber nicht ihre Zweisamkeit und ihr gegenseitiges Vertrauen.

Frank bog in Langenholzhausen links zur Umgehungsstraße ab, als Katja plötzlich aufrief: »Fahr mal links rein, zum Friedhof hoch.« Er schaute sich um, bremste heute zum zweiten Mal abrupt ab, bog nach links von der Hauptstraße zum Friedhof am Klingenberg ein. Vor dem vorderen Eingangstörchen hielt er an. »Also, was ist los?«

»Komm mal mit, wir setzen uns auf meine Lieblingsbank. Ich möchte mit dir ein wenig nachdenken.«

Frank zog die Brauen hoch. »Aha? Gut, lass uns reingehen.«

Er öffnete das quietschende Törchen und blieb plötzlich stehen. »Hey, was ist denn hier passiert? Wo sind all die Bäume hin?«

»Nun ja.« Katja zuckte mit den Schultern. »Das war wohl *Friederike*, der Sturm, weißt du? Der hat sicher hier gewütet und dann mussten die abgeknickten oder umsturzgefährdeten alten Bäume gefällt werden. Wobei ich das auch nicht genau weiß, ich habe in der Zeitung davon nichts mitbekommen. Als ich letztens hier war, war ich total entsetzt. Aber dahinten ...«, sie wies mit einer Hand nach Südwesten Richtung Harkemissen und davor Steinegge im Süden von Kalldorf, »da hat *Friederike* ganze Arbeit geleistet und eine Schneise hinterlassen, die führt genau hier durch. Und von der Zeit her passt es auch.«

Frank guckte sich staunend um. »Sieht ganz anders aus, als gewohnt. Aber die Bank, die steht noch. Und ist trocken.« Skeptisch betrachtete er die Beplankung und schüttelte sich unmerklich.

Katja fläzte sich mit ihrer braunen Jeans auf die Holzlatten und schaute über die Gräber. »Wie oft ich hier gesessen habe, um Zwiesprache zu halten ...

ich habe die Stille genossen und die Schönheit dieses alten Friedhofs. Und ich habe die Gegenwart von Jan gespürt. Wer hätte je gedacht, dass er mir so oft wirklich nah war. Nicht nur ein Gefühl ...« Sie schaute zu Frank hoch. »Setz dich doch!«

Der klaubte ein paar vertrocknete Blätter und Tannennadeln von der Sitzfläche und ließ sich langsam herab. »Ich hoffe, ich mach mich hier jetzt nicht schmutzig.«

»Meine Güte, lieber Schwager, nun stell dich nicht so an. Das bisschen Staub, das kann man dann doch ausklopfen.«

Frank blies die Wangen auf, prustete und setzte sich vorne an den Rand. »Was hast du denn auf dem Herzen, was du mit mir besprechen willst?«

Seine Kollegin griff in ihre Tasche, wühlte kurz herum, zog eine rosa-weiße Plastiktüte mit Schlickerkram heraus und hielt ihm die geöffnete Tüte hin.

»Auch eine?«

Frank verzog angewidert das Gesicht. »Iih, Schaumzuckermäuse. Seit wann gibt es die denn in Rosa? Nein, danke, iss selber!«

Sie grinste. »Tut mir leid, es gibt nur noch diese Tüten mit weißen und rosafarbenen Mäusen. Ich kann ja schlecht immer eine Kilobox nur mit weißen Mäusen mit mir rumschleppen.«

Frank blickte skeptisch auf ihre Tasche. »Groß genug ist sie ja.«

Katja biss den Kopf der Maus ab und kaute selbstzufrieden, während sie nachdenklich ihren Blick über die Gräberreihen schweifen ließ. Sie fröstelte.

»Ist der Behrens vielleicht doch hier in Langenholzhausen beerdigt worden und nicht in Bielefeld?«

»Ja, wo du es sagst. Da stand was in den Akten. Seine Familie kommt aus der Region und die haben sich für Langenholzhausen entschieden. Er wurde wohl hier in der Kirchengemeinde konfirmiert, vor ewigen Zeiten. Habe ich auch verdrängt.«

Sie schob sich das letzte rosa Stück in den Mund, kaute darauf herum und dachte weiter nach.

»Haben die Leute von Kuhlmann schon mal über die Kondolenzlisten für die Familie von Stefan Behrens geschaut? Klingt zwar wie ein Klischee, aber ich glaube auch, dass es manche Täter zu ihren Opfern zieht. Da ist so eine Beerdigung ja passend. Vielleicht gibt es ja Übereinstimmungen zu den möglichen

Tatverdächtigen, die Kuhlmann so auf dem Schirm hat.«

»Warte mal. Ich geh grad zum Auto und frage nach.«

»Hast du dein Telefon nicht dabei?«

»Doch, aber telefonieren auf dem Friedhof finde ich ziemlich geschmacklos.«

Katja nickte zustimmend und knabberte an einer weiteren Maus, während sie auf Frank wartete. Der kam recht zügig wieder.

»Jens war direkt am Telefon. Er meint, sie hätten nicht nur die Listen, sondern auch Fotos an dem Tag gemacht. Es trägt sich ja nicht immer jeder ein, meinte er. Da siehst du, deine Anregung war doch nicht so abwegig. Es hat aber bisher nichts gebracht. Bei der BGL haben sie auch Fotos von Ralf Schmidt herumgezeigt, und auch von seiner Frau – es hat sie da aber keiner wiedererkannt. Auf den Filmen der Sicherheitskameras waren sie auch nicht. Spricht ja dafür, dass er den Weg über die offene Tür zur Feuertreppe genutzt hat.«

Mit ihren Ellenbogen auf den Oberschenkeln und das Kinn in die Hände gestützt, drehte sich Katja in Franks Richtung. »Das, was die Schmidts uns vorhin erzählt haben, das wir mir neu. Das müssen wir überprüfen. Und wenn es so war, wie behauptet, dann mache ich mir Sorgen. Um die Schmidts, aber in erster Linie um Kathrin. Wenn der Täter, der Behrens ermordet hat, herausfindet, dass sie an ihrem neuen Arbeitsplatz schnüffelt und ihm zu nahe kommt, dann ist auch sie in Gefahr.«

»Und du bist ganz sicher, dass der Mord und die Strafanzeige miteinander zu tun haben und Ralf Schmidt mit Behrens' Tod nichts zu tun hat? Hat das Team um Kuhlmann das schon ermittelt?«

»Glaubst du etwa, die Schmidts sind schuldig? Ich nicht. Aber die zeitliche Nähe von Strafanzeige und Mord, kurz bevor wir die Chance hatten, mit Behrens zu sprechen, das fällt doch auf. Da will jemand einen unliebsamen Mitwisser ausschalten. Da bin ich sicher, denn ich glaube nicht an Zufälle.«

»Du hast recht – nun kommt Kathrin ins Spiel.«

*

Oktober 2017

Dr. Richard Wilhelmi kam nach einem längeren Mittagspäuschen zurück in die Essener Klinik und fühlte sich einfach prima. Die Kleine aus der Chirurgie, eine seiner begabten Medizinstudentinnen, hatte so ihre Qualitäten. Die Erinnerung an die Mittagszeit zauberte ein Lächeln auf sein Gesicht, das sogar – selten, aber wahr – seine Augen erreichte. Eisblau und genauso kalt, schienen sie manch Gegenüber zu faszinieren. Wilhelmi wusste um seine Vorteile.

Er stellte den schwarzen Jaguar auf dem Ärzteparkplatz im Tiefgeschoss des Klinikparkhauses ab, schob sich die sündhaft teure Sonnenbrille ins Haar und ging beschwingt die Treppen hoch zur Chirurgischen. Am Empfang hielt ihn die diensthabende Schwester auf, bevor er in seinem Büro verschwinden konnte.

»Ihr nächster Patient sitzt schon im Untersuchungsraum. Das mit den Unterlagen und Anamnesebogen habe ich schon erledigt. Kann also direkt losgehen.«

»Patient?« Wilhelmi grübelte.

»Ja, das Gerichtsgutachten für das LSG. Der mit dem Arbeitsunfall von anno Tobak«, klärte ihn die Schwester auf.

»Ach ja, genau, der Auftrag von Richter Lehmann. Ich erinnere mich. Ich zieh mich gerade um und komme gleich.« Er nickte der Schwester zu und marschierte in sein Büro, um sich die Dienstkleidung – Hose, Hemd und Kittel in strahlendem Weiß – anzuziehen. Das Grinsen in seinem Gesicht konnte er auch noch im Spiegel bewundern, als er sich kurz durch die Haare fuhr. Mal schnell den Auftrag abhaken und sich dann den Erinnerungen an die begabte Studentin hingeben. Sein Grinsen wurde noch breiter. Wofür so ein paar kleine, kurze Aufträge doch gut waren. Er war mit Begeisterung Gutachter. Wenig Arbeit – viel Vergnügen.

Er knöpfte den Kittel zu, setzte seine geschäftsmäßige Miene auf und spazierte über den Flur in den Untersuchungsraum. »Guten Tag. Ich bin Dr. Wilhelmi, was kann ich für Sie tun?« Und dann schloss er die Tür hinter sich.

*

Der Untersuchungsraum in Essen war gar kein Vergleich zu der angenehmen Umgebung in der Ansgarklinik vor ein paar Monaten. Wenn Ralf Schmidt das so zusammenrechnete, wie oft er in den vergangenen Jahren bei irgendwelchen Ärzten zu irgendwelchen Untersuchungen zugebracht hatte, dann kam er auf unzählige Stunden unnötiges Warten. Und er kam auf noch viel mehr Stunden voller Hoffnung, dass es jetzt auch endlich mal das letzte Mal gewesen sein mag. Tat es aber nicht. Tat es nie. Immer wieder wollte irgendwer von ihm irgendwelche Untersuchungsergebnisse. Er war es so leid, so unendlich leid. Der Doktor, der nun vor ihm stand, schien es als Vergnügen anzusehen. Bei aller Mühe gelang es ihm nicht, dieses widerwärtige Grinsen abzulegen. Wertschätzung sieht anders aus, dachte Ralf und seufzte innerlich.

Seine Einschätzung sollte sich sofort bestätigen. »Dann lassen Sie uns mal anfangen, Herr Müller.«

»Schmidt, ich heiße Schmidt.«

Dr. Wilhelmi griff zu der Akte und schaute auf den Deckel. »Ach ja, richtig, Herr Schmidt. Das Vorgeplänkel wurde ja schon gemacht, dann zeigen Sie mir mal, wie gut Sie gehen können. Bitte stehen Sie auf, gehen bis zur Wand da vorn, umdrehen und wieder zurück.«

Ralf erhob sich vom Patientenstuhl und ging los. Die Belastung heute war nur geringfügig gewesen, er hatte kaum Schmerzen.

»Okay, dann bitte die Hose ausziehen, damit ich mir die Knie anschauen kann.«

Auch das war schnell erledigt. Ralf stand vor dem Orthopäden, machte Kniebeugen, streckte die Beine und ließ den Arzt seine Kniescheiben hin- und herbewegen und die Gelenke und die Narbe befühlen, die sich nach dem Unfall nicht wieder zurückgebildet hatte. Fest presste er vor Schmerzen die Lippen zusammen, sagte aber nichts.

»Sie können sich wieder anziehen und hinsetzen. Ah, Moment.« Der Doktor schnappte sich, ohne um Erlaubnis zu bitten, seinen linken Schuh. »Wenn es wirklich zu dem von Ihnen beschriebenen Vorfall gekommen sein soll, dann müsste man das ja an den Schuhen erkennen können. Der beste Beweis, wissen Sie«, erklärte er hochnäsig und schaute auf die Schuhsohle.

Ralf staunte. Direkt in Höhe der Fußsohle war die Schuhsohle aufgeraut und aufgeschubbert. Dünner als die umgebende Fläche sah man einige Quadratzenti-

meter angekratzten Sohlenbelag. Dann griff der Doktor auch zu dem zweiten Schuh. Nichts zu erkennen, ganz glatt.

Ralf schaute zu Dr. Wilhelmi, doch der stellte die Schuhe sofort wieder ab und sagte – nichts.

5

November 2018

Drei Wochen Regen und usseliges Schmuddelwetter am Stück, das war ja kaum auszuhalten. Schon gar nicht nach der ungemein langen Wärmeperiode, die sogar die Bäume und Sträucher so irritiert haben musste, dass manche von ihnen ganz vergessen hatten, ihre braunen Blätter auch abzuwerfen. Kathrin ließ ihren Blick über den Garten der Familie Sollig schweifen und genoss dabei den Ausblick über die vielen Hügel und Bergkuppen bis rüber nach Niedersachsen. Katja lebte hier mit Mann und Sohn am Rande der *Deutschen Märchenstraße*, die vom Norden in Buxtehude und Bremen an Badenhausen und Kalletal die Weser entlang Richtung Süden durch Thüringen und Hessen bis Hanau führte. Schon ein schönes Fleckchen Erde, das die drei, oder wohl besser die beiden — denn ihr Sohn Jakob hielt sich hauptsächlich in Paderborn zum Studieren auf und stand dort kurz vor seiner Masterprüfung im Maschinenbau –, sich hier erschaffen hatten.

Kathrin atmete tief die frische, wenn auch ziemlich feuchte Luft ein und kuschelte sich in ihren Gartenstuhl. Unter dem Vordach des Solligschen Gartenhauses war sie gut geschützt vorm Regen, der um sie herum auf die Dächer prasselte und der Erde und den verbrannten Rasenhalmen langsam wieder zu ihren dunkelbraunen und saftiggrünen satten Farben verhalf. Ob Kalletal oder eher Hohenhausen noch immer ein anerkannter Luftkurort war, so richtig mit Badeanwendungen und vielen Gästen, die extra wegen der Luft und der Natur in die Region kamen? So wie noch in den Fünfzigerjahren? Wäre interessant, das herauszufinden. Hinter ihr trat Katja aus der Hüttentür und reichte ihr eine dicke Keramiktasse mit Ingwer-Zitrone-Tee. Es wurde auch mal Zeit, ihn zu probieren, wo doch die letzten Jahre bei den Besprechungen in der Polizeidienststelle kaum ein Gespräch ohne Katjas Lieblingstee abgelaufen war.

»Auf jeden Fall ist er schön warm«, meinte sie mit einem schelmischen Grinsen im Gesicht und wärmte sich die klammen Finger an der heißen Tasse.

»Mensch, warum sagst du nichts? Ich kann doch den Terrassenofen anmachen. Soll ich?«

»Nee, lass mal. Muss nicht sein. Gib mir mal eine der Decken da rüber, das reicht mir völlig.« Sie stellte die Tasse auf den Gartentisch neben sich, nahm Katja die braune Wolldecke aus der Hand, breitete sie über Beine und Bauch und klemmte die Ränder unter der Stuhlauflage fest. »Hach«, seufzte sie wohlig und blies vorsichtig in die Teetasse, die Katja ihr zurückreichte. »Traumhaft. So lässt es sich aushalten. Ich sollte dich wirklich öfter mal besuchen.«

»Gerne. Kein Problem, wenn diese ganze Sache vorbei ist. Es ist nur wichtig, dass keiner von den Leuten, mit denen du derzeit zu tun hast, uns zusammen sieht.« Katja pustete eine Ponysträhne aus der Stirn und setze sich auf die Bank neben Kathrin. »Merk dir mal nächstes Jahr, im August. Da feiern wir beim Gemeindefest in Hohenhausen 50 Jahre Kalletal. Ich habe eine Einladung vom Bürgermeister bekommen. Doch frag mich nicht, warum.« Sie kräuselte die Nase und tippte sich auf die Unterlippe. »Aber jetzt sag mal? Was hast du in den beiden Wochen seit unserem letzten Einsatzgespräch herausfinden können?«

»Schade, war gerade so entspannend hier. Aber du hast recht, die Arbeit geht vor.« Sie zwinkerte ihrer früheren Vorgesetzten zu, lehnte sich zu ihrer Tasche runter und holte ihr Notizbuch raus. »Dann wollen wir mal.«

*

Mai 2018
Das Landessozialgericht wirkte auf Ralf wie ein hoher, rechteckiger Schrank mit vielen, vielen Schubladen. Absolut symmetrisch, der Bau. Aus Beton, Glas und Metall. Angeordnet, als hätte der Architekt an dem Tag lieber Käsekästchen statt Hochhausplanung spielen wollen. Kalt. Ja, kalt wirkte das alles auf ihn und er hoffte inständig, dass das Gebäude im Innern mehr Wärme ausstrahlen würde. Der jetzige Eindruck war eher – Ralf spürte es an den aufgestellten Härchen an seinen Unterarmen – abweisend.

Alexandra in ihrer unnachahmlichen Art hätte diesen Kasten pottenhässlich genannt. Genau, das passte und brachte ihn zum Schmunzeln. Sie hatte heute nicht mitkommen können, dafür war die Fachanwältin an seiner Seite, die sich bereit erklärt hatte, seine Position gegenüber dem Gericht zu vertreten. Es war schon ungewöhnlich genug gewesen zu sehen, wie ein Anwalt den Verlauf des Verfahrens in der ersten Instanz beurteilt hatte. Das Gutachten, das das Gericht im Rahmen des Amtsermittlungsgrundsatzes trotzdem verweigert hatte. Und dann die Strafe wegen der Missachtung des Gerichts. Die Rechtsanwältin sprach nicht viel, aber wenn sie sich äußerte, dann mit völligem Unverständnis gegenüber den unüblichen Entscheidungen der Vorinstanz. Und dann im Berufungsverfahren die Anordnung eines medizinischen Gutachtens, durch das Landessozialgericht beauftragt, obwohl doch schon ein Gutachten vom Berufungskläger gefordert worden war. Mit einer rechtlich versierten Person an seiner Seite fühlte Ralf sich sicher. Auf in den Kampf. Mal schauen, wie der vorsitzende Richter heute ent-

scheiden würde. Er drückte die Tür zum Eingangsbereich auf und trat ein.

*

»Also«, begann Kathrin und tippte mit ihrem Finger auf die erste Seite mit ihren Eintragungen. »Im Büro meines Vorgängers konnte ich nichts Persönliches mehr finden. Das wurde sicher alles ausgeräumt. Auch von unserer Spurensicherung. Wenn da was war, dann wird das Kuhlmann in seiner Abteilung haben.«

Katja schüttelte den Kopf. »Nein, da war nichts, was uns bei der Unfallsache weiterhilft. Kein Hinweis auf Ralf Schmidt. Weder in Bezug auf den Arbeitsunfall damals noch in Bezug auf die Mordermittlung. Sonst hätte unser Superverteidiger Johannes Strate ihn auch sicher nicht aus der U-Haft bekommen.«

Kathrins Finger fuhr zum nächsten Punkt. »Gegenüber von meinem neuen Arbeitsplatz ist der Eingang zum Zentralarchiv. Das geht über drei Etagen, man kann es aber nur von oben betreten. Ist mit so einer dicken feuerfesten Stahltür gesichert. Da braucht man einen Spezialschlüssel und ordentlich Kraft in den Armen, um den Hebel zu drehen. Total gesichert, das Archiv, man sollte meinen, die hätten da sonst was gelagert. Dabei sind es nur die Akten der Versicherungsnehmer.«

Sie räusperte sich, trank einen Schluck von ihrem Tee und fuhr fort: »Da ich für die Archivierung zuständig bin, habe ich jedes Mal, wenn ich da drin war, nach den passenden Akten zu Ralf Schmidt und auch zu anderen Namen geschaut. Weder bei den Akten zu den Unfallaufnahmen, noch bei denen der besuchten Firma von damals war etwas zu finden. Nur bei den Akten der Rechtsabteilung, ist ja klar. Aber halt alles nur die neuen Sachen ab 2014. Nichts Altes.« Sie ging zum nächsten Punkt. »So einiges, was ich in der Chronologie gelesen hatte, die bei der Strafanzeige angehängt war, konnte ich erstaunlicherweise auch in der Akte zum Widerspruchs- und Klageverfahren nicht finden, obwohl sie doch als Anlagen in der Gerichtsakte aufgeführt waren. Das war schon erstaunlich. Es machte den Eindruck, als wären Unterlagen neu nummeriert worden. Aus manchen Monaten fehlten offensichtlich Schriftstücke. Zum Beispiel der eMail-Schriftverkehr zwischen den Eheleuten Schmidt und der Unfall-kasse. Das waren zum Beispiel die Be-schreibungen des Unfallhergangs, den die Schmidts immer wieder aufs Neue dezi-diert erläutert haben. Ich habe aber nur diesen ersten Fragebogen gefunden, den vermutlich Frau Schmidt ausgefüllt hat-te. Man konnte das an der Handschrift erkennen, die war anders als die Unter-schrift von Ralf Schmidt. Die Auskünfte auf dem Bogen waren recht kurz. Aber das war ja auch Thema im Verfahren. Schmidts wussten damals noch nicht, dass es keine Unterlagen mehr zu dem Unfall bei der Berufsgenossenschaft gab.« Sie griff noch einmal zu der Tasse und trank den Tee ganz aus.

»Ich habe überall nach Aktennotizen oder persönlichen Vermerken der Sachbe-arbeiter aus der Rechtsabteilung oder des Archivs gesucht, aber da war auch nichts. Schon sehr ungewöhnlich. Gibt doch im-mer etwas, was man sich zu einem Fall notiert, was aber keine offizielle Info für das Gericht ist. Doch hausintern? War aber nichts zu finden. Auf Handakten ha-be ich auch gehofft, aber auch da – nichts.« Kathrin klappte ihr Notizbuch zusammen. »Tja. Indizien noch und nöcher. Aber nichts Greifbares bisher. Dann habe ich noch auf ein paar kollegiale Gespräche mit deiner Claudia gehofft. Doch die ist ja gar nicht zu irgendwas zu bewegen. Guckt sich immer um und horcht, als hätte sie Sorge, es höre jemand zu. Da komme ich also auch nicht weiter. Die alten Unterlagen sind vernichtet, wir haben einfach keine Chance. Es gibt niemanden mehr, der damals da gearbeitet hat. Und die diversen Fusionen mit anderen Unfallkassen und das Digitalisieren ...« Sie straffte sich und fuhr fort: »Aber eines habe ich entdeckt. Beim Vergleichen verschiedener Klagen von Versicherten beim Sozialgericht fiel mir auf, dass die Sitzungen der Kammer immer für ungewöhnlich kurze zwanzig Minuten angesetzt waren. An einem Tag waren zum Teil mehr als zehn verschiedene öffentliche Sitzungen hintereinander. Mit nur kurzen Pausen. Und alle mit der BGL als Beklagter und immer demselben Vertreter mit einer Terminvollmacht. Klingt alles ein bisschen nach Klagen abarbeiten im Akkord, im 20-Minuten-Takt. Nur, diese Erkenntnis hilft uns leider in unserem Fall erst mal nicht weiter. Höchstens, dass bei den Fällen, bei den mir das aufgefallen ist, immer Stefan Behrens die Terminvollmacht hatte.« Kathrin seufzte laut.

Katja haute genervt mit der Faust auf ihren Gartentisch und stöhnte leise, während sie sich die schmerzende Handkante rieb. »Indizien allein sind mir zu wenig. Wir brauchen ein Wunder. Ein Wunder, das uns den Weg zu den Beweisen zeigt, die uns noch fehlen.«

*

Mai 2018

Keine Stunde später war es schon vorbei. In Ralfs Kopf war es leer. Der Schock saß tief. Kein Urteil. Die Klage zurückgezogen. Es war ihm nichts anderes übrig geblieben. Die leisen Erläuterungen seiner Anwältin waren ihm verständlich gewesen, verstanden hatte er sie nicht. Nicht nach der Niederlage. Mit der er nicht gerechnet hatte. Nicht so, nicht auf diese Weise. Verletzend, demütigend, abwertend, verleumdend. So empfand er die Ausführungen des Gerichts. Eine Beleidigung sondergleichen.

Wenigstens einen Erfolg konnte er verzeichnen: Die Anordnung der Zahlung von

Rechtsmissbrauchskosten aus der ersten Instanz wurde aufgehoben. Doch was sollte das bringen? Auf den Kosten für das Privatgutachten würden Alex und er sitzen bleiben.

Professor Gerber war also der einzige – okay, die Anwältin wohl auch –, der ihm glaubte. Der die vorliegenden Berichte und Belege so gelesen und überprüft hatte, wie es damals wirklich gewesen war. Er, Ralf, hatte sich den Meniskus verletzt, sich dabei noch das Kreuzband angerissen und sich durch diesen dämlichen Unfall vor dreißig Jahren lebenslang Schmerzen zugezogen. Ein Leben mit immer wiederkehrenden Wickeln zum Abschwellen der Knie und ungezählten Blisterpackungen Ibuprofen, um einigermaßen durch den Tag zu kommen. Wie oft hatte er auf die Tablette verzichtet, um einer Abhängigkeit zu entgehen, aber er konnte doch nicht immer zum Arzt rennen und sich eine Arbeitsunfähigkeitsbescheinigung holen. Von Zeit zu Zeit war es etwas besser gewesen, doch in den letzten Jahren ging es einfach nicht mehr. Darum hatte er ja diese Meniskus-OP machen lassen, damit er wenigstens das linke Knie endlich wieder einigermaßen

*belasten konnte. Und was hatte es ge-
bracht? Nichts, nur noch einen Grund für
seine Schmerzen, das abgerissene Kreuzband. Ach, was für ein Schlamassel.*

*

Das Telefonklingeln riss Katja aus ihrer
konzentrierten Arbeit an einem neuen
Fall, den Frank und sie gerade bearbeiteten. Ein Jugendamtsmitarbeiter war angezeigt worden, weil ihm vorgeworfen
wurde, wichtige Unterlagen entnommen
und gefälschte Aktennotizen nachträglich
eingefügt und vordatiert zu haben. Warum? Um die Vorgehensweise des Jugendamtes in einem brisanten Fall zu
verschleiern, und somit die Schullaufbahn
einer behinderten Schülerin vorzeitig zu
beenden. Jetzt hätte sie sich Kathrins
Hilfe gewünscht. Denn mit Manipulation
von Akten und der Recherche verzwickter
Fälle kannte die sich perfekt aus. Doch
Kathrin war nicht da.

Es klingelte weiter über die interne
Leitung. Sie nahm den Hörer auf und
klemmte ihn sich zwischen Schulter und
Kopf, um noch die letzte Notiz anzufügen,
bevor sie sie vergaß.

»Sollig hier. Moment bitte, bin sofort zu sprechen.« Sie legte den Telefonhörer beiseite, beendete den Eintrag und meldete sich erneut. »So, da bin ich wieder. Worum geht's?

»Guten Morgen, Katja, meine Heldin«, kicherte es aus dem Hörer, doch schon wurde die Stimme gewohnt geschäftsmäßig. »Entschuldige, das wollte ich immer schon mal sagen. Aber was anderes. Hier unten am Empfang ist eine Frau Behrens und möchte einen zuständigen Kollegen der Mordkommission sprechen. Die sind aber alle ausgeflogen. Und du hattest doch da auch was mit zu tun, oder? Mit dem Fall Behrens?«

»Ja, doch, eine Zeit lang. Um was geht es denn?«

»Das wollte sie mir nicht sagen, sie möchte es nur mit einem der Kommissare besprechen, sagte sie. Soll ich sie hochschicken?«

»Warte mal kurz, lass mich überlegen. Ich brauche noch fünf Minuten, um das hier auf meinem Schreibtisch kurz abzuschließen. Dann könnte ich mir Zeit nehmen. Lass Frau Behrens doch in den Besprechungsraum hochbringen, wenn der Kollege ihr noch etwas zu trinken anbietet, dann müsste das zeitlich hinkommen und ich geh rüber und kann übernehmen.«

»Gut. Machen wir das so. Danke dir.«

»Dafür nicht.«

Katja machte sich noch die letzten Notizen und hakte ein paar Fragen ab, zu denen sie nach einer Antwort suchte und klappte dann alles zusammen und sicherte die Akten in dem verschließbaren Metallschrank neben ihrem Schreibtisch. Sie zog den Schlüssel ab und schob ihn sich wie gewohnt in ihre Hosentasche, bevor sie zum Besprechungsraum rüber ging.

*

Juni 2018

Wie rasend tippte Alexandra Schmidt auf der Tastatur, um ihren Freunden im Selbsthilfeforum von ihrem Frust zu erzählen. Sie hatte wieder nicht schlafen können und sich nach Mitternacht aus dem ehelichen Schlafzimmer geschlichen, um noch ein wenig zu recherchieren. Man musste doch was erreichen können. Es konnte doch nicht wahr sein, dass ihnen nicht geglaubt wurde, dass sogar das Gutachten Professor Gerbers als nicht wahrheitsgemäß beschrieben wurde. Was Ralf da passiert war, als er vor dem Landessozialgericht vom Richter abgekanzelt wurde, ihm sogar Lügen unterstellt wurden – sie konnte es nicht begreifen. Der Richter, der dreist behauptet hatte, sein Kollege in Detmold hätte sein Vertrauen. Dessen Entscheidung könne er unbesehen unterstreichen. Bei seiner Erfahrung, da urteile er richtig. So viele Unwahrheiten in dem Bericht des letzten vom Berufungsgericht eingesetzten Gutachters, der sich Ralfs Knie angeschaut hatte und dann noch behauptete, sähe doch alles normal aus. Die Narben? Sicher unerheblich, wenn auch möglicherweise vom Unfall herrührend. Die ungewöhnliche Fehlstellung der Beine? Vielleicht eine andere Erklärung. Nicht mal eine halbe Stunde hatte der Herr Doktor ihren Ralf untersucht. Kurz gesprochen, ein wenig abgetastet und das Gangbild angeschaut. Irritiert reagiert, aber in seinem Bericht alles negiert. Dieser miese Typ auch. Alex schnaubte vor Wut, in Erinnerung an die Erzählungen ihres Mannes. Und erst recht beim Lesen des Untersuchungsberichtes. Aus der halben Stunde, für die Ralf bald acht Stunden unterwegs gewesen war, hatte der Doktor vierzig Seiten für das Gericht zusammengestellt. Ein Gutachter der Berufsgenossenschaft, der vom Gericht für ein Verfahren gegen eine Berufsgenossenschaft als Sachverständiger zu Rate gezogen wurde ... Alex schüttelte während des Schreibens ungläubig den Kopf. So viel Unsinn zu verbreiten auf vierzig Seiten und nach zweimal schmerzhaftem Bewegen des Kniegelenks.

Die Antworten der Forumsmitglieder, die um diese Uhrzeit noch wach vorm Monitor saßen, waren eindeutig. Da gab es welche, die hatten Ähnliches erlebt. Viel Geld in die Hand genommen, um ein neutrales Sachverständigengutachten zu bekommen, das dann frech von der Gegenseite als parteiisch gewertet wurde. Alex hatte es ja schon geahnt. Das mit Ralf, das war kein Einzelfall. Und wenn nicht langsam mal jemand etwas unternahm, dann würde das ewig so weitergehen, die Kasse ihre Versicherten mit den Schmerzen, den Rentenkürzungen, der verminderten Lebensqualität allein lassen. Was hatte diese Ärztin gemeint, die Frau Heldt? Das Gutachten von Professor

Gerber sei rein spekulativ, die damaligen Methoden in 1988 wären zudem veraltet und würden keine eindeutige Diagnose belegen. Eine Meniskusschädigung kann so gar nicht erfolgt sein, dafür hätte es einer Fixierung des Fußes bedurft. Ja, spinnen die denn? Können die nicht lesen? Hören die nicht zu? Wie oft hat Ralf denen denn erklärt, er sei an der Rollenbahn hängen geblieben? Es ist zum Haareraufen. Morgen, ja, morgen, da würde sie sich aufmachen, und ganz genau ausklamüsern, wie das damals mit dem Unfall wirklich abgelaufen ist. Sie wollte alle Belege und Beweise zusammenstellen, derer sie habhaft werden konnte. Ob Bundeswehr, Katastrophenschutz, Krankenkassen – überall müsste sie Anträge stellen. Sobald die Zeit gekommen war, würde sie das der Kasse auf den Tisch klatschen und sich nicht abwimmeln lassen. Auf keinen Fall. Und es wurde Zeit, dass mal jemand was gegen diese Vetternwirtschaft unternahm, gegen dieses Geschiebe und Gelüge, um sich danach gegenseitig die Aufgaben zuzuschustern. Die sollten spüren, wie es ist, in die Enge getrieben zu werden.

Die Ideen im Forum waren richtig gut. Ja, so würden sie es machen. Es war an der Zeit, sich zu wehren.

*

Sonnenstrahlen mogelten sich zwischen den grauen Wolken hervor und ihr Licht vertrieb Stück für Stück die düstere Stimmung, die im Besprechungsraum feststeckte. Katja trat ein, sah die Frau in ihrem graubraunen Tweedkostüm mit naturfarbener Strumpfhose und halbhohen Pumps. Die halblangen mausgrauen Haare locker aus dem Gesicht gefönt und mit Haarspray oberhalb der Ohren fixiert. *Elegant*, war ihr erster Gedanke, als sie für sich ihren ersten Eindruck beschrieb. Elegant und irgendwie verängstigt, denn die Frau saß leicht gebeugt auf dem Stuhl und presste sich eine riesige, ausgebeulte Ledertasche tief in ihren Schoß. So, als wolle sie sie nicht hergeben oder ihr Inhalt dürfe nicht verloren gehen.

Katja ging auf die Frau zu, die abrupt aufstand und weiterhin die Tasche mit beiden Händen an sich drückte. »Frau Behrens?«, stellte sie sich vor. »Ich bin Kriminalhauptkommissarin Katja Sollig und mit dem Fall Ihres Mannes vertraut. Womit kann ich Ihnen helfen?«

Sie nickte dem Kollegen zu, der sich mit einem kurzen Gruß verabschiedete und den Raum verließ.

Frau Behrens hob die anscheinend schwere Tasche auf den Tisch und setzte sich wieder hin. »Ich habe da was gefunden. Von meinem Mann. In unserem Safe. Letztens erst«, stammelte sie und holte noch einmal tief Luft, bevor sie fortfuhr. »Wissen Sie, die letzten Wochen war ich wie betäubt. Er war doch so gut eingestellt mit seinem Asthma. Ich habe nicht verstanden, wie das passieren konnte. Und als dann herauskam, jemand hätte ihm das angetan, da ...«, sie stockte, »... da habe ich mich verkrochen. Ich wollte davon nichts wissen. Sein Büro war bis vor kurzem noch genau so wie vor Wochen.« Sie zwang sich, nicht zu weinen und redete schnell weiter. »Jedenfalls wollte ich in dem Raum endlich mal Staub wischen und dann dachte ich an die Lebensversicherung, an den ganzen Schriftkram, den ich ja nun endlich erledigen muss. All das. Und dann hab ich mir den Schlüssel geschnappt und in den Safe geschaut. Weil, da sind ja all unsere wichtigen Dokumente drin. Die können da drin nicht verbrennen, oder? Man hat ja immer Sorge, dass es mal brennt und alles ist vernichtet. Ja, und dann lag das hier da drin.« Frau Behrens zog die Griffe auseinander und ließ Katja hineinsehen. Drei dicke Ordner, unbeschriftet, jedoch voller Schriftstücke.

»Unsere Unterlagen, die waren in den anderen beiden Ordnern, aber bei diesen hier, da lag ein Zettel dabei und darum bin ich heute hier.« Sie zog einen Aktenordner nach dem anderen heraus und legte sie vor Katja auf den Tisch. »Bitte. Vielleicht hilft Ihnen das weiter, den zu finden, der meinem Mann das angetan hat. Genug Auswahl ist hier drin ja.«

Katja hob den Deckel an und blätterte kurz durch die Seiten. *Ach, du meine Güte*, dachte sie und klappte den Ordner wieder zu. »Was hat Sie veranlasst, uns diese Unterlagen zu bringen?«

»Das war mein Auftrag, den habe ich nun erfüllt und jetzt gehe ich wieder.«

»Was für ein Auftrag war das?«

»Wenn ihm was passieren würde, dann solle ich der Polizei das hier bringen. So schnell wie möglich.« Frau Behrens schluckte. »Vermutlich war ich nicht schnell genug, aber ich wusste ja nichts davon. Mein Mann hat nie über seine Arbeit geredet. Er war ja nur der Archivar.« Sie nahm ihre Tasche wieder an sich und nickte Katja zu. »Ich muss jetzt weg. Ich wollte das aus dem Haus haben. Ich will damit nichts zu tun haben. Guten Tag.« Sie ging zur Tür, öffnete sie, marschierte raus und ließ Katja verdutzt im Besprechungsraum zurück.

War das das Wunder, das sich Katja und Kathrin erhofft hatten? Der Durchbruch bei den Ermittlungen? Der erste Blick war schon vielversprechend. Mal schauen, was der zweite brachte. Sie sollten dringend Kathrin informieren.

6

Dezember 2018

Mittwoch, 19. Dezember

Nur noch wenige Tage bis Heilig-abend, der Pförtner der BGL-Zentrale in Bielefelds Innenstadt hatte es eilig. Es war Mittwoch und er wollte noch so einiges erledigen, bevor es morgen in den wohlverdienten Jahresur-laub ging. Ab Donnerstag war die Zentra-le geschlossen. Betriebsferien. Wurde auch Zeit. Noch zehn Minuten, dann wür-de er alles hier unten weggeräumt, die Lichter ausgeschaltet und die Haupttür abgeschlossen haben. Dann guckte für die nächsten zwei Wochen und ein bisschen nur noch ein Wachdienst von Zeit zu Zeit von außen nach dem Rechten, mehr war nicht nötig. Die Kollegen waren fast alle schon zur Mittagszeit geflohen und hatten ihre Büros geschlossen. Er holte tief Luft und machte seine letzten Handgriffe für den heutigen Arbeitstag im Genossenschaftsgebäude. Doch dann wurde die Ruhe urplötzlich unterbrochen.

Dr. Richard Wilhelmi, einer der Vertragsärzte, stürmte durch die Eingangstür, eilte zur Anmeldung und stoppte quietschend mit seinen Lederslippern kurz vorm Tresen ab. »Guten Tag, ich habe einen Termin mit Frau Krause vom Archiv. Wo muss ich mich eintragen?«

»Mit Frau Krause? Tja, wir schließen in wenigen Minuten.«

»Kein Problem, sie nimmt mich sicher nachher wieder mit raus. Ihre Leute haben doch alle Schlüssel, oder nicht?« Dr. Wilhelmi zupfte an seiner Anzugjacke und schaute den Pförtner ungeduldig an. Der nickte missmutig.

»Schon. Nun gut. Der Paternoster ist aber schon außer Betrieb.«

»Macht nichts. Ich nehm' die Treppe. Bewegung ist gesund, ich sollte das ja am besten wissen.« Er kritzelte seinen Namen ins Terminbuch, marschierte mit großen Schritten zum Treppenhaus und rannte die Treppe hoch.

Der Pförtner stand nur kopfschüttelnd da, dachte sich seinen Teil und wandte sich erneut den Sachen zu, die noch zu erledigen waren. Doch es dauerte nicht lange, da hörte er die quietschenden Schritte wieder auf der Treppe. Der Herr Doktor kam ihm mit erhitztem Gesicht vom Treppenhaus entgegen und trug sich diesmal aus der Liste aus. »Die war nicht da, die Krause, hat unseren Termin wohl einfach vergessen. Unverschämtheit«, murmelte er und zog genervt die Schultern hoch. »Tja, wohl ein Satz mit x, das war wohl nix«, versuchte er zu scherzen. »Und dafür bin ich so weit gefahren. Ärgerlich.« Er nickte dem Pförtner zu. »Schöne Feiertage. Bis demnächst mal.« Dann drehte er sich um und verschwand zügig aus dem Anmeldebereich zur Tür hinaus Richtung Innenhof.

Der Pförtner ging hinter ihm her und verschloss den Eingang. Für heute war es genug mit Überraschungsbesuchen. Jetzt war endgültig Schluss. Er schaltete den Hauptstrom ab, schaute sich noch einmal prüfend in seinem Arbeitsbereich um, nahm seine Arbeitstasche und verließ durch den Personalausgang das Haus.

*

Derweil saß Kathrin Kramer, die den Kollegen als Kathrin Krause bekannt war, an ihrem Schreibtisch bei der BGL und schloss die letzten Vorgänge ab. Ihr erster Urlaub an ihrem neuen Arbeitsplatz. Was für ein schöner Gedanke. Da klopfte es herrisch an ihrer Bürotür und einer der Vertragsärzte platzte herein.

»Frau Krause, ich benötige noch dringend eine Akte, bevor hier über die Feiertage alles dichtgemacht wird. Der Fall Bonnemeier, Karl. Schnell bitte, sonst macht der Pförtner unten gleich zu.«

Kathrin stöhnte innerlich, stand aber auf, um dem Arzt die Mappe mit den Aktenabgabevermerken zu reichen. »Für den Bereich *B* bin ich nicht zuständig, aber ich will mal nicht so sein. Frau Höltkemeyer ist schon seit gestern im Urlaub. Wenn Sie schon einmal den Vordruck ausfüllen, dann geht es gleich schneller.«

»Ja, ja, mach ich schon«, trieb er sie an.

Kathrin schnappte sich ihre Umhängetasche mit den Schlüsseln fürs Haus und ging rüber zum Archiveingang. Sie schob den Schlüssel ins Schloss, drehte den wuchtigen Verschlussriegel auf, zog ein Stück an der dicken, feuerfesten Metalltür und quetschte sich durch den Spalt. Weiter auf, musste nicht sein, das Ding war einfach zu schwer. Unnötige Kraftan-

strengung. Rein, wieder raus. Dann war
es das für heute.

Ach, Bereich *B*, das war ganz unten in
der ersten Etage des Archivraums. Langsam stieg sie die Metallstufen nach unten,
vorsichtig auf die Trittflächen achtend.
Mit Treppen hatte sie es nicht so. Mit solchen Gitterflächen erst recht nicht. Sie
wollte gerade vom zweiten in den ersten
Stock hinuntergehen, da hörte sie oben
die Tür zuschlagen. Ihr Herz klopfte laut.
Das konnte ja wohl nicht sein. Warum
schloss sich die Tür? Kathrin drückte ihre
Tasche fest an den Körper, griff zum
Handlauf und hangelte sich die Treppe so
schnell sie konnte wieder hoch. Dann ließ
sie ihre Tasche auf den Boden fallen und
drückte mit der Schulter gegen die Tür.
Verdammt, verschlossen. Wie konnte das
sein? Sie klopfte und rief. Dann horchte
sie, doch von draußen war kein Geräusch
zu vernehmen. Witzig, wie auch? Feuer-
dicht, lärmgedämmt, unkaputtbar. Und
sie auf der falschen Seite der Tür.

In der Tasche zu wühlen, um das Mo-
biltelefon herauszuholen, machte wenig
Sinn. Das lag nämlich noch auf ihrem
Schreibtisch, parat zum Verstauen am
Ende des Tages. Kathrin schnaubte vor

Wut. Wie hatte sie sich nur so hereinlegen lassen können? Sie war doch lange genug bei der Polizei gewesen, um manche Kniffe zu kennen. Tja, das half ihr jetzt nicht weiter. Sie musste nachdenken.

Die Gegensprechanlage, ja, genau. Das Teil neben der Tür. Sie müsste versuchen, den Pförtner zu erreichen. Sie nahm den Hörer und überlegte. Die Nummer, wie lautete die bloß? Dann sah sie den kleinen Zettel: Empfang 100. Kathrin drückte die Ziffern, doch es läutete nicht. Keine Verbindung? Mist, auch das Teil war schon abgeschaltet. Was nun? Zwei kleine Fenster gab es im Zentralarchiv – und eine Tür. Ganz oben und für sie nicht von innen zu öffnen. Ein Fenster im zweiten Stock, eines in Sichtweite hier im Dritten. Beide mit Blick zum Innenhof mit den Mitarbeiterparkplätzen. Beide vergittert. Sie ging zu dem Fenster in ihrer Nähe und schaute raus auf den leeren Parkplatz und die fensterlosen Backsteinmauern rundherum. Den nächsten Zug nach Hause würde sie wohl verpassen, die Fahrt mit dem Auto im staugeplagten Bielefeld hatte sie sich von Beginn an erspart. Zugfahren war zwischen Badenhausen und Bielefeld viel praktischer. Da weckte eine kleine Rauchfahne ihre Aufmerksamkeit. Sie waberte rechts von ihr über den Treppenabsatz der Nottreppe entlang.

»Feuer«, schrie es in ihr. Sie klopfte panisch an die Fensterscheibe, versuchte den Flügel aufzureißen, um an den Gittern zu rütteln. Keine Chance, versiegelt, zum Schutz der Akten. Niemand konnte sie hören, niemand nahm sie wahr. Langsam rutschte Kathrin die Wand hinunter und setzte sich auf den Boden. Hier im Archiv war sie geschützt – Feuer hin oder her. Aber man würde sie erst nach Neujahr hier finden, oder? Keine Chance, das zu überstehen. Sie wühlte wieder in ihrer Tasche. Nur ein Müsliriegel, das war's. Nichts zu trinken. Jetzt konnte sie nur noch hoffen, dass jemand ahnte, dass sie noch im Gebäude war. Dass das Feuer die Rettungskräfte alarmierte und jemand auch im Archiv schaute. Nur wie? Die mit den Schlüsseln, die waren schon alle weg.

*

Mit einem Mal klackte es und die Leuchten des Archivs gingen aus. Auch das noch, jetzt war auch noch der Hauptstrom abgeschaltet. Das konnte nur eines bedeuten: der Pförtner hatte sich auf den Weg in den Feierabend gemacht und die letzten Schalter umgelegt. Und sie war nun allein. Allein auf sich gestellt. Der Gedanke gab Kathrin wieder Auftrieb. Auf dem Fußboden war es ungemütlich, der Rücken schmerzte und der Hintern fühlte sich an wie platt gedrückt. Nicht gerade der richtige Platz für einen Lösungsansatz. Rumsitzen und Trübsal blasen brachte nichts. Gar nichts. Sie stemmte sich stöhnend hoch, beugte sich leicht vor, rieb sich die Oberschenkelmuskulatur und hüpfte von einem Fuß auf den anderen, um wieder vernünftig Gefühl in den Beinen zu bekommen. Sie drehte die Arme, lockerte die Nackenmuskulatur und holte ganz tief Luft. Dann erst wagte sie einen Blick nach draußen und wich entsetzt einen Schritt zurück. Flammen, da kamen schon Flammen aus der Fenstertür des Ganges neben ihrem Büro. Ihr geliebtes Mobiltelefon konnte sie wohl jetzt abschreiben. Über was für Kinkerlitzchen sie hier nachdachte. Unmöglich. Sie sollte doch lieber überlegen, wie sie aus der saudämlichen Situation wieder herauskam. Nachdenken, nachdenken. Schritt für Schritt vorgehen. So hatte sie es gelernt. Also: womit konnte sie sich behelfen? Sie schaute wieder zum Fenster und rüttelte. Falscher Weg. Ausgang blockiert. Kathrin schnappte ihre Tasche und lief vorsichtig die Stiege herunter ins nächste Geschoss. Zum Fenster. Irgendwas war hier anders. Der Rahmen klapperte, wenn sie dagegen drückte. Irgendetwas, was ihr helfen konnte? Sie schüttete ihre Taschen aus und schob die Sachen auseinander, dann hatte sie eine Idee. Ein Versuch. Vielleicht.

Kathrin nahm ihr Schweizer Taschenmesser zur Hand und klappte es auf und wieder zusammen. Dann zog sie das Halstuch aus dem Ring, an dem der Trageriemen ihrer Handtasche angebracht war. Sie begrüßte sich für die weise Voraussicht, für die kalte Jahreszeit das dünne fisselige Tuch in ein dickeres, wärmeres ausgetauscht zu haben. Dann schob sie das Messer in die Faust, umwickelte ihre Hand mit dem Tuch und konzentrierte sich auf ihre Aufgabe, bevor sie so stark sie konnte auf das Fensterglas einschlug. Der Schmerz strahlte bis in die Schulter aus, das Glas zitterte, zerbrach jedoch nicht. Auf dem Boden lag noch die kleine Stablampe. Sie tauschte Messer gegen Metalltaschenlampe aus, die dünnere Seite mit der Metallaufhängung nach vorn, Tuch wieder drum und erneut ein Schlag. Diesmal klirrte es. Wieder und wieder schlug Kathrin auf das Fenster ein. Von Zorn und Adrenalin angetrieben. Dann nahm sie das Tuch und befreite den Holzrahmen von den Glasstücken und schob mit den Füßen die zerbrochenen Teile unter der Fensterbank weg. So, fünfzig mal siebzig Zentimeter. Genug für sie. Wenn nur dieses vermaledeite Gitter nicht wäre.

Sie legte die Stirn in Falten und räumte die Sachen wieder in ihre Tasche, dann hob sie das Schweizermesser hoch und schalt sich eine Idiotin. Wofür braucht man so etwas? Na, zum Schrauben! Wofür sonst? Sie rüttelte an dem Gitter und suchte nach der Verschraubung. Wo waren diese blöden Schrauben bloß? Die mussten doch irgendwie innen sein, das Gitter sollte doch von außen nicht entfernt werden können. Also von innen. Logisch, oder was? Sie fühlte an dem Metall lang und versuchte das Brennen zu verdrängen, das die offene, rissige Haut an Fingern und Knöcheln durch die rabiate Behandlung der Fensterscheiben hervorgerufen hatte. Sie musste hier raus. Qualm und Flammen, die im Stockwerk über ihr loderten, würden irgendwann auf diese Ebene übergreifen und ihr den Fluchtweg versperren. Oh, nein, sie war in der zweiten Etage. Was würde es bringen, das Gitter abzubekommen, wenn es zum Springen zu hoch war. Egal. Darüber würde sie sich Gedanken machen, wenn es soweit war. Nur nicht ablenken lassen.

Sie fühlte weiter am Metall entlang und blieb an einer kleinen Erhebung hängen. Da, da war etwas. Mit Farbe bedeckt, um unauffällig zu sein, doch es war das, was sie suchte. Ein Schraubenkopf. Sie kratzte mit dem Messer die Farbe ab und atmete auf. Tränen der Erleichterung rannen ihre Wange herunter. Kreuzschlitz, sogar in der passenden Größe. Was für ein Glück. Damit würde sie umgehen können. Sie nahm das Offiziersmesser, klappte den Schraubendreher heraus und setzte ihn an. Mit beiden Händen versuchte sie zu drehen. Eine hielt, die andere drehte. Jetzt nur nicht abbrechen. Die Schraube hielt stand. Ein neuer Versuch. Mist, wieder nichts. Dann haute sie sich imaginär gegen die Stirn und versuchte es erneut, diesmal andersherum. Endlich, die Schraube bewegte sich. Zügig drehte sie weiter und wischte das Ding einfach zur Seite und nahm sich die nächste Schraube vor. Noch fünf, noch vier, noch drei, noch zwei ... sie ruckelte und die letzte brach mit dem Gitter aus der Verankerung. Kathrin ließ das Gitter einfach fallen und hörte es auf den Boden scheppern. Es rann ihr eiskalt den Rücken runter. Nun musste sie da raus. Sie würde nicht scheppern, ihr würden alle Knochen brechen, beim Weg nach unten auf den betonierten Hof. Sie beugte sich aus dem Fenster und schaute herunter. Ein Glück, was für ein Glück!

Schnell klaubte sie ihre restlichen Sachen zusammen, schob alles achtlos in die Tasche, zog den Reißverschluss zu und warf sie aus dem Fenster. Dann kletterte sie auf den Fenstervorsprung und schloss kurz die Augen. Tief durchatmen. Da unten, da war ihre Rettung. Sie würde die paar Meter überstehen, sie würde überleben. Sie hätte gewonnen.

Unter Kathrins Fenster, ein wenig nach rechts, stand der große Papiercontainer, den die Berufsgenossenschaft für ihr zerschreddertes Altpapier nutzte. Voll bis oben hin, noch nicht gepresst. Kathrin juchzte, jetzt nur noch ihrer Tasche hinterher. Sie versuchte den Winkel abzuschätzen, bot ihre letzte Kraft auf – und sprang. Etwas zu weit nach links. Und so hörte sie noch die Martinshörner, spürte das Knacken, aber dann war alles schwarz.

*

Freitag, 21. Dezember

»Wie hat der Täter das gemacht?« Frank biss sich erregt auf die Unterlippe. »Wenn ihr sagt, es war keiner mehr im Haus, alle, die eingetragen waren, haben sich auch wieder ausgetragen. Die Belegschaft war vollständig in den Feierabend gegangen. Wie soll das dann abgelaufen sein?«

Die Soko Sozial mit Katja Sollig und Frank Lieme saß mit den Kollegen der zuständigen Mordkommission unter Jens Kuhlmann zusammen und versuchten, den Ablauf nachzuvollziehen, der zum Feuer im Genossenschaftsgebäude und dem Übergriff auf Kathrin Kramer geführt hatte.

»Die Frage ist doch eher, Frank, warum war Kathrin noch im Haus?«, wandte Katja ein und die anderen Kollegen murmelten Zustimmung. »Laut der Aufsicht vorne am Empfang, war Kathrin schon gegangen. War sie aber nicht. Da stimmt doch was nicht. Habt ihr den Pförtner schon einbestellt und befragen können?«

Jens Kuhlmann schüttelte den Kopf. »Nein. Der ist noch im Urlaub. Wir konnten ihn nur telefonisch erreichen. Er hatte uns auf sein Empfangsbuch hingewiesen und auch gesagt, dass niemand mehr da war, als er das Gebäude verlassen hat und den Notstrom eingeschaltet hat.«

»Aber das ist doch die zentrale Frage: Wie kam er darauf? Hast du seine Nummer parat? Dann können wir ihn kurz befragen, denn für mich ist das der Dreh- und Angelpunkt. Es gab noch zwei Personen im Gebäude: Kathrin und der Brandstifter. Oder sogar drei. Kathrin, der Brandstifter und der, der sie im Archiv eingesperrt hat.«

Frank hob halb die Hand. »Wenn ich da mal was dazwischenwerfen darf. Woher hat der Typ, der die Tür verriegelt hat, gewusst, dass sie von innen nicht zu öffnen ist, dass das Haustelefon schon abgeschaltet war und dass es keine Möglichkeit gibt, aus diesem Aktenbunker wieder rauszukommen? Das ist doch nur möglich, wenn er die Abläufe in dem Gebäude kennt. Da kommt doch wohl nur der Pförtner selbst in Frage, nich?«

Einer der Beamten der Mordkommission winkte ab. »Das haben wir schon überprüft. Oder denkst du, der wäre noch im Urlaub, wenn wir ihn als Hauptverdächtigen auf der Liste hätten? Er hat kein Motiv. Warum sollte er sich seinen gut bezahlten Arbeitsplatz selbst unterm Hintern abfackeln wollen?«

Einige aus der Runde lachten, doch Kuhlmann hob abwehrend die Hände. »Leute, das ist wirklich nicht witzig. Schon gar nicht, wenn eine von uns dabei verunglückt ist. Wenigstens ist das mit dem Brand nicht gelungen. Und überhaupt macht es auch wenig Sinn, ein Feuer im Obergeschoss zu legen, wenn man das ganze Gebäude in Flammen sehen will. Und das Feuer ist in Kathrins Büro ausgebrochen, ist dann erst auf die Flure, wo zum Glück die Sprinkleranlage angesprungen ist und ein weiteres Ausbreiten verhindern konnte. Allein das spricht schon gegen die Beteiligung des

Pförtners. Der Bericht der Brandermittler ist da eindeutig. Der Brand war nur im dritten Stock.« Er blätterte in den Unterlagen. »Was aber auffällig war«, fuhr er fort, »das war die offene Fenstertür zur Feuertreppe. Wieder einmal. Genauso wie an dem Tag, an dem Behrens ermordet wurde. Die Tür lässt sich nur von innen öffnen und verschließen. Wie ein normales Fenster auch.«

Katja runzelte die Stirn. »Für mich sieht das so aus, als hätten wir es hier mit demselben Täter zu tun. Tut mir leid, sonst passt es für mich nicht zusammen. Das ist mir zu viel Zufall. Wenn ich einen Vorschlag machen darf, Jens?«

Der nickte.

»Könnt ihr das Bildmaterial von den Kameras im Gebäudeeingang noch einmal überprüfen und dann die beiden Tage vergleichen? Und dann müsste jemand den Pförtner danach fragen, woher er wusste, dass alle Kollegen schon gegangen waren?«

Kuhlmann machte sich ein paar Notizen. »Okay, das Filmmaterial von Mittwoch haben wir heute Morgen bekommen und den Anruf mache ich gleich, wenn wir hier fertig sind. Willst du mit Frank die

Filme sichten? Ihr wart an dem Tag damals dabei, vielleicht fällt euch ja noch etwas auf, wenn ihr selbst den Vergleich macht.«

Katja stand auf und schob ihren Stuhl an den Tisch. »Sobald du telefoniert hast, fangen wir an. Ach, und die Kopien der Einträge im Empfangsbuch, die brauchen wir auch noch.«

»Kein Problem. Lass ich euch bringen. Ich denke, in einer halben Stunde könnt ihr anfangen. Bis dahin sollte ich den Pförtner erreicht haben. Er ist in Rufbereitschaft, solange wir nicht wissen, was genau passiert ist. Bis gleich.« Und schon stürmte Jens hinaus, sein Team hinter ihm her.

Katja ging zum Fenster und öffnete die Flügel, um endlich frische Luft hereinzulassen. Sie atmete tief ein und aus und drehte sich wieder zu Frank um.

»Was ist eigentlich, wenn noch jemand anderes im Haus war, den wir gar nicht auf dem Schirm haben, Katja? Wenn Kathrin unbemerkt noch da war, dann kann das für andere auch gelten.«

*

Sie nahm die Hand vor den Mund und gähnte herzhaft. »Ich brauch jetzt einen doppelten Espresso, um etwas wacher zu werden. Du auch, Frank?«

»O ja, gern. Bringst du mir bitte einen mit, Katja?«

»Na klar doch. Hätte ich sonst gefragt?«

»Diese Filmeguckerei macht mich platt. Während du in der Teeküche bist, hole ich gerade von Kuhlmanns Jungs die Auswertung der aufbewahrten Unterlagen von Behrens und der Informationen von Kathrin. Da muss es doch Überschneidungen geben.«

»Mach das. Bis gleich.«

Katja verzog sich in die Teeküche und bereitete die Espressi vor. Sie stellte Zucker und Kekse und die Tassen mit dem dampfenden Kaffee auf das Tablett und hatte gerade alles auf den Tisch in die Mitte geschoben, als Frank wieder durch die Tür kam und die Auflistung auf den Tisch patschte.

»Ich habe schon mal drübergeguckt. Schau mal, fällt dir was auf?«

Katja zog die Mappe zu sich und überflog einige der Blätter. »Hui, interessant.«

»Und jetzt schau mal hier.« Er spulte den Film ein paar Sequenzen zurück und zeigte auf den Monitor. Dann spulte er wieder vor. »Das ist doch sehr auffällig, oder? Schade, dass man nicht mehr sehen kann. Vielleicht gibt es ja noch weiteres Material.«

Die Ausdrucke der Stechuhr der Mitarbeiter und die Kopien des Unterschriftenbuches vom Empfang lagen noch geöffnet neben dem Monitor und Katja verfolgte mit dem Zeigefinger die Reihen. Dann blieb sie an einem Datum hängen, ging weiter runter und tippte auf zwei weitere Eintragungen. »Das ist sogar sehr interessant. Schau mal hier und schreib mit.«

Von Müdigkeit war bei den beiden Kriminalkommissaren keine Spur mehr. Und der heiße Wachmacher in den Tassen wurde kalt.

*

Samstag, 22. Dezember

Der Geruch war nie schön in Krankenhäusern. Das war auch in Badenhausen nicht anders. Katja überwand sich, ging zum Empfang und fragte sich nach dem Zimmer von Kathrin Kramer in der Chirurgie durch. Vor dem großen Aufzug stand eine Schlange von Besuchern, so, wie es aussah, sodass sie den Lift links liegen ließ und den Gang weiter bis zum Treppenhaus marschierte. Die zwei Stockwerke, das war ja gar nichts. Alles besser als eingepfercht in einer gemischt riechenden, keimbelasteten Menschenmasse. Bäh. Dann doch lieber dieser Krankenhausgeruch, der sich in den Gängen unzerstörbar in den Poren der Wände für ewig festgesetzt hatte.

Ihre Kollegin hatte das letzte Zimmer hinten rechts und sie klopfte, erhielt jedoch keine Antwort, sodass sie vorsichtig die Klinke herunterdrückte und in den Raum trat. Auf einem Hocker an Kathrins Krankenbett saß ihr Mann und hielt zum Zeichen noch still zu sein, den Finger vor den Mund. Sie nickte, holte sich leise einen Stuhl vom Besuchertisch und setzte sich neben ihn ans Bett.

»Sie ist vor einiger Zeit endlich eingeschlafen. Der Arzt meint, sie braucht noch ganz viel Ruhe – wegen der Gehirnerschütterung«, flüsterte er und schluckte, um sich seine eigene Erschütterung nicht anmerken zu lassen.

Katja griff nach seiner Hand und drückte sie. »Es ist noch einmal gutgegangen. Es wird wieder. Wir werden den, der ihr das angetan hat, finden. Jens Kuhlmann ist dran. Er ist kurz davor.«

Kathrins Mann schniefte und nickte dann. »Ich weiß. Aber als sie hier so lag, dachte ich, ich hätte sie verloren.«

»Mich verliert man nicht so leicht«, kam eine leise, kratzige Stimme vom Bett.

»Oh, Kathrin. Entschuldige. Ich wollte dich nicht wecken.«

»Hast du auch nicht. Ich lieg hier schon genug rum. Bin schon fast wieder die Alte.« Sie versuchte sich aufzustützen, ließ sich jedoch stöhnend wieder zurücksinken. »Na ja, fast. Mein Kopf will noch nicht so ganz. Und mein Arm«, sie deutete auf den Gipsverband, »der braucht noch etwas länger. Aber Weihnachten darf ich endlich nach Hause.« Sie atmete tief ein und stockte dann. »Da gefällt mir der Geruch auch besser. Wie soll man hier denn gesund werden? Dieses ganze Desinfektionszeugs. Aber schön, dass du mich besuchen kommst, Katja. Du bist die erste von den Kollegen der Dienststelle.«

»Wir durften nicht eher kommen. Neitmann hat sich immer wieder erkundigt, doch die Ärzte haben es noch nicht erlaubt. Und nach der OP solltest du erst ausruhen. Aber jetzt bin ich ja da. Und nicht ganz uneigennützig.« Sie schaute Kathrin entschuldigend an. »Jens braucht noch eine Bestätigung von dir. Ich soll dich fragen, was genau am Mittwoch passiert ist. An was du dich erinnern kannst. Die Aussagen des Pförtners im BGL-Gebäude passen nicht ganz mit dem zusammen, was geschehen sein muss. Fühlst du dich gut genug, mir zu beschreiben, was Mittwochmittag vorgefallen ist?«

»Und ob. Und wenn nicht, wäre mir das auch egal. Ich spring doch nicht aus dem Fenster und krach auf meinen Arm, wenn ihr diesen blöden Sack nicht geschnappt kriegt.«

Ihr Mann schaute sie entsetzt an. »Kathrin!«

»Ja ist doch wahr. Da darf doch so ein Wort mal erlaubt sein. Aua!« Sie griff sich mit dem gesunden Arm an den Kopf und rieb sich die Schläfen. »Ich mach es ganz kurz, Katja. Ich hatte noch ein paar Sachen zu erledigen, bevor ich auch in den Betriebsurlaub starten konnte. Zu der Zeit war ich bestimmt die letzte, die in ihrem Büro saß. Dann hat dieser BG-

Gutachter, dieser Arzt aus Essen geklopft und wollte auf die Schnelle noch eine Akte. Blöd, wie ich war, bin ich ins Archiv und dort dann runter in das Untergeschoss. Tja, und dann hörte ich, wie die Tür verriegelt wurde. Und keiner mehr im Haus, die Gegensprechanlage abgeschaltet.« Sie krächzte vernehmlich und ihr Mann reichte ihr das Glas Wasser, das auf dem Beistelltisch stand.

»Weißt du, wie der Arzt heißt?«

Kathrin räusperte sich erneut und winkte Katja näher zu sich heran. Leise krächzte sie ihr den Namen ins Ohr.

»Warte mal, Kathrin. Ich komme sofort zurück.« Katja zog ihr Mobiltelefon aus der Jackentasche und ging eilig aus dem Patientenzimmer raus bis zum Treppenhaus zu einer ruhigen Ecke. Dann suchte sie nach der Nummer der Mordkommission und drückte drauf. »Katja hier. Hallo, Jens. Schön, dass du selbst dran bist. Du kannst deine Leute losschicken. Er ist es.«

*

Montag, 24. Dezember
Der Blick durch den Einwegspiegel in den hell erleuchteten Verhörraum würde Kat-

ja und Frank ermöglichen, Dr. Richard Wilhelmi zu beobachten, während Jens Kuhlmann ihn mit einem seiner Mitarbeiter der Mordkommission befragte.

Klar, es war nicht ihr Fall, mit der Aufklärung des Mordes an Stefan Behrens hatte sie nichts zu tun. Aber jemand, der es gewagt hatte, eines ihrer Teammitglieder anzugreifen und dessen Tod in Kauf zu nehmen, so jemandem musste sie sehen, musste sie hören. Einfach auch, um zu verstehen, was die Leute umtrieb, die über Leichen gingen, um ihr Ansehen unbeschädigt leuchten zu lassen. Nun gut, das war Dr. Wilhelmi dann nun doch nicht gelungen. Katja kniff die Augen zusammen und ihre Pupillen glitzerten groß und gefährlich im Dunkel ihres Beobachtungspostens.

Kathrin Kramer war noch im Krankenhaus. Der linke Arm gebrochen. Ob sie auf Dauer gesundheitlich mit den schrecklichen Erlebnissen zu kämpfen hätte, ihr Körper Schaden genommen hatte? Katja wusste es nicht. Sie hoffte inständig, dass alles ein gutes Ende nehmen würde.

Im Nachbarraum wurde es unruhig. Dr. Wilhelmi wurde von einem Kollegen der Bereitschaft hereingeführt und auf einen der Stühle verwiesen. Die Nacht in der Zelle hatte ihm nicht gut getan. Die gegelten Haare klebten ihm fettig am Kopf, das weiße Hemd war zerknittert und seine cremefarbene Leinenhose voller Flecken. Von dem immer elegant wirkenden Chirurgen war kaum was zu erahnen. Die Handschellen taten ihr übriges. Vorbei das ganze überhebliche Getue. Dr. Wilhelmi rieb seine Hände und massierte sich jeden einzelnen Finger sowie die Stellen der Arme, die er trotz der Fesseln erreichen konnte, als würde es ihn frösteln und er müsse seine Haut durch diese Aktion aufwärmen. Er warf einen Blick zu seinem Anwalt, der kurz nach ihm in den Raum getreten war, und nachdem der Polizist den Raum verlassen hatte, sprang er hoch und begann scheinbar, ihn wütend anzuschreien.

Katja drückte auf den Lautsprecher, um hören zu können, was nebenan geschah, aber der Anwalt hatte die Anlage wohlweislich auf lautlos gestellt. War ja sein gutes Recht, das war Katja schon klar. Sie versuchte von den Lippen ablesen zu können, was im Nebenraum gesprochen wurde, doch es gelang ihr nicht, denn der Anwalt schirmte seinen Mandanten mit dem Rücken ab. Auch Frank schüttelte mit dem Kopf. Egal, es ging sie beide ja absolut nichts an. Allein die Pose und das Gehabe zeigten deutlich, dass das Erscheinungsbild trog. Dieser schmierige Kerl da vorn, der sah nur zerrupft aus, seiner Selbstgefälligkeit schien sein Aussehen keinen Abbruch zu tun, so herrisch wie er seinen Anwalt anfuhr.

Viel Zeit, um seinen Zorn oder was auch immer ihn plagte, rauszulassen, hatte Dr. Wilhelmi nicht, denn Kriminalhauptkommissar Jens Kuhlmann und einer seiner Mitarbeiter der Mordkommission betraten den Raum. Der Anwalt drückte Dr. Wilhelmi zurück auf seinen Stuhl und setzte sich neben ihn. Kuhlmann blickte zum Spiegel rüber, nickte kaum merklich, drückte auf Aufnahmetaste und Mikrofon und begann die Befragung.

Katja presste sich fest in ihren Stehhocker und hielt die Luft an. Endlich. Endlich würde sie erfahren, was den Chirurgen getrieben hatte und warum Stefan Behrens sterben musste. Hoffentlich würde sie es erfahren, schränkte sie in Gedanken ein. Man wusste ja nie.

*

Dr. Wilhelmi erhob sich und schrie sofort los, als Jens Kuhlmann die Befragung beginnen wollte. Was sie sich denn wohl da herausnehmen würden, ihn, einen unbescholtenen, hoch angesehenen Bürger, an Weihnachten aus seinem Zuhause zu holen und ihn in eine Zelle zu stecken? Und dann noch mit Handschellen hier sitzen zu lassen. Ob sie sich wohl klar wären, dass das ziemliche Konsequenzen hätte, für sie und ihre Karriere? Er hätte Beziehungen, wichtige Beziehungen, bis ganz nach oben. Er würde sich das nicht gefallen lassen, Polizeigewalt, genau. Das war das hier.

Er hielt Kuhlmann mit gestreckten Armen anklagend die Fesseln entgegen. Dann stampfte er mit den Füßen auf, wie ein kleines Kind, wollte gerade wieder Luft holen, um seine Litanei fortzusetzen, als der Hauptkommissar ihn mit seiner ruhigen Stimme unterbrach und mit einer Handbewegung zum Hinsetzen aufforderte. »Ja, das weiß ich alles, Herr Dr. Wilhelmi. Wir möchten alle gern die Festtage und die Zeit zwischen den Jahren zu Hause verbringen, doch manchmal bringt das der Beruf so mit sich, das kennen Sie als Arzt sicher auch«, meinte Kuhlmann ganz entspannt und lächelte sein noch immer vor Wut zitterndes Gegenüber an. Dann stand er auf und befreite ihn von den Handfesseln. »Entschuldigen Sie, das war während unseres Gesprächs untergegangen. Denn wissen Sie, ich habe meine Beziehungen zu ganz oben spielen lassen. Und die haben mir diese Vorgehensweise empfohlen.« Er setzte sich wieder hin, zog ein beschriebenes Blatt Papier aus einer mitgebrachten Mappe und schob es dem Anwalt zu. Der überflog das Schreiben flüchtig, zuckte mit den Schultern und flüsterte seinem Mandanten kurz etwas ins Ohr.

»In Ordnung, das hat so seine Richtigkeit. Mein Mandant wird sich kooperativ verhalten und Ihnen bei all Ihren Fragen Rede und Antwort stehen, um Sie bei der Aufklärung Ihres Falles zu unterstützen.«

Sein Mandant sah nicht so aus, als würde er den Aussagen seines Anwalts kommentarlos zustimmen, doch er schien sich zusammenzureißen. Vorerst.

»Dr. Wilhelmi«, fing Hauptkommissar Kuhlmann an. »Lassen Sie uns bitte über

Ihren Besuch im Verwaltungsgebäude der BG Logistik Anfang August sprechen.«

»Was soll das denn jetzt? Meine Güte, ich bin Vertragsarzt, da fahre ich öfter mal nach Bielefeld, um etwas mit den Kollegen zu besprechen.«

»Von Essen nach Bielefeld? Und wieder zurück? Nebenan ist das eher nicht.«

»Na und? Knapp über eine Stunde mit dem ICE. Ich nutze das zum Arbeiten. Mit dem Internet in den Zügen ist das mittlerweile recht bequem. Aber was fragen Sie mich über meine Reisegewohnheiten aus?«

»Wie oft fahren Sie zu Besprechungen nach Bielefeld? Sind das feste Termine?«

»Einmal im Monat. Ich habe ja noch genug in der Klinik zu tun. Als Chirurg in der Orthopädie ist immer viel zu tun. Das kann man nicht planen. Also fahre ich, wenn es gerade passt.«

»Und Ihr Termin im August? Wissen Sie noch, mit wem Sie da gesprochen haben?«

»Mit dem Pförtner, sogar gleich zweimal. Beim Rein- und beim Rausgehen.« Er lächelte Kuhlmann mit seinen kalten blauen Augen an.

»Ja, keine Sorge, Ihre Unterschrift im Empfangsbuch haben wir schon gesehen.« Der Hauptkommissar ließ sich nicht von Wilhelmis Provokation beeindrucken. »Und sonst? Weitere Gesprächspartner?«

»Ich war bei Frau Höltkemeyer und habe bei ihr einige Dokumente abgeholt, die ich für ein Gutachten brauchte. Ich geh immer zu Frau Höltkemeyer. Oder zu Herrn Behrens. Ach nee. Mittlerweile zu Frau Krause. Der Behrens ist ja nicht mehr da. Ach, die Krause ja auch nicht mehr, habe ich gehört, richtig? Der Verschleiß an Mitarbeitern in der Verwaltung ist da recht hoch. Ist ja auch ein knochentrockener Job.« Dr. Wilhelmi schluckte ein Lachen herunter. »Entschuldigung, war nicht so gemeint. Das ist wirklich schrecklich, was da passiert ist.« Er sammelte sich wieder. »Aber was interessiert Sie meine Arbeitsbeziehung zur BGL? Kommen Sie endlich zum Punkt. Ich will nach Hause.«

»Die Befragung ist noch nicht zu Ende, Dr. Wilhelmi. Und wann Sie nach Hause kommen, das entscheidet der zuständige Haftrichter. Und da ist entscheidend, wie gut Sie hier mit uns zusammenarbeiten.

Mit Ihren Spielchen dauert es ein wenig länger.«

Der Anwalt wollte einschreiten, doch Jens Kuhlmann blockte ihn mit einer einzigen Handbewegung ab. »Sie sind also im August nach Bielefeld gefahren, haben Ihren Termin mit Frau Höltkemeyer wahrgenommen, sind danach wieder mit dem Zug zurück nach Essen. So richtig?«

Dr. Wilhelmi nickte.

»Sagen Sie das bitte laut, für die Aufzeichnung und das Protokoll.«

»Ja! Das ist so richtig!«, spie Dr. Wilhelmi genervt aus.

»Gut …« Kuhlmann war die Ruhe selbst, blätterte in seinen Aufzeichnungen, trank kurz einen Schluck Wasser und fuhr dann mit der Befragung fort. »Dann erinnern Sie sich bitte an letzte Woche. An Mittwoch. Auch wieder ein Termin in Bielefeld?«

»Ja!«

»Wieder bei Frau Höltkemeyer?«

»Nein!«

»Bei wem dann?«

»Frau Krause.«

»Aha. Sie waren keine fünf Minuten bei Frau Krause. Bisschen kurz, so ein Ter-

min, für den Sie extra aus Essen ange-
reist sind.«

»Sie war gar nicht da. Muss mich wohl
vergessen haben. Dann bin ich in die
Stadt, noch ein paar Weihnachtsgeschen-
ke besorgen. Und dann wieder zurück
nach Essen.«

»Sie sagen, Frau Krause sei nicht da
gewesen. Vorhin meinten Sie, sie sei nun
auch nicht mehr in der Verwaltung. Wie
war das gemeint?«

Ein Mundwinkel zuckte. Wilhelmi
senkte den Blick und musterte seine sorg-
fältig manikürten Fingernägel. »Scheinbar war sie doch da, oder nicht? In dem
Archivraum, habe ich gehört. Ich habe sie
nicht angetroffen und bin wieder gegangen. So viel Zeit rumzuhängen habe ich ja
auch nicht. Und der Pförtner, der wollte
dichtmachen, da bin ich schnell wieder
runter. Sonst hätte der mich noch eingesperrt, oder? Sonst wäre ich ja mit der
Krause raus.« Er schaute hoch, legte den
Ellenbogen auf die Tischplatte, zog an
seinem Ohrläppchen und nahm die Hand
schnell wieder zurück, um sie neben die
andere flach auf die Platte zu legen.

»Ich fasse das noch einmal zusammen.
Sie sind an beiden Tagen, an denen Mit-

arbeiter zu Schaden gekommen sind, im Gebäude gewesen und hatten mit diesen beiden Mitarbeitern Termine wahrnehmen wollen? Richtig?

»Ja, sieht wohl so aus.« Wieder blickten seine Augen kalt in die Runde. »Nein, nein«, wehrte er dann plötzlich ab. »Falsch. Ich war im Sommer bei Frau Höltkemeyer, das sagte ich doch. Sie haben doch sicher die Aussage des Pförtners, dass ich mich ein- und später wieder ausgetragen habe. Und auf der Kamera bin ich bestimmt auch zu sehen. Da ist doch eine Kamera im Eingang. Die geht doch, oder nicht?« Erneut ungerührt, betrachtete er seine Hände und pustete imaginäre Hautschüppchen fort.

Affektiertes Gehabe, dachte Katja im Nebenraum, während Jens Kuhlmann noch mal eine Pause machte und dann den Zeigefinger hob. »Richtig. Der Pförtner konnte ihre Aussage bestätigen. Auch, dass sie ihm gesagt hatten, Frau Krause wäre nicht mehr im Haus. Daraufhin hatte er die Stechuhr nicht mehr überprüft und so auch nicht gesehen, dass sie noch angemeldet war. Sie haben also recht, sie war im Haus. Irgendwo. Und die Kamera, auf der sieht man, wie Sie das Gebäude verlassen. Alles soweit korrekt.« Wieder eine kurze Pause, in der er den Kopf senkte und in den Akten zu lesen schien. Dann hob er den Kopf ganz langsam und schaute Dr. Wilhelmi direkt in die Augen. »Doch die Kamera im Hinterhof, im Sommer, da sieht man, wie Sie gemächlich die Feuertreppe heruntergehen«, erwähnte er ruhig.

Dr. Wilhelmi hob langsam den Kopf und zeigte wieder sein falsches Lächeln. »Das kann ja wohl kaum sein. Da bin ich da gar nicht runter. Und gemächlich schon gar nicht.«

»Ach, da nicht? Wann denn sonst?«

Katja und Frank hatten genug gehört.

*

»Warum? Sie fragen mich wirklich nach dem Warum?« Dr. Richard Wilhelmi kniff die blauen Augen zusammen und schickte einen eiskalten Blick in die Runde. »Da fragen Sie doch lieber mal sich selbst! Sie, Sie mit Ihren dämlichen Strafverfolgungen wegen so einer popeligen Anzeige, eine Anzeige, die von vorneherein hätte abgeschmettert werden müssen. Aktenmanipulation ...« Er spie das Wort regelrecht aus. »Also wirklich! Die Richter, die ich kenne, die hätten das mit einem Fingerschnippen abgeblockt. Totaler Blödsinn. Und dann ermitteln Sie ...«

»Wir, Herr Wilhelmi«, fing Kuhlmann an und wurde sofort unterbrochen.

»Doktor Wilhelmi, so viel Zeit muss sein.«

»Na gut, Doktor Wilhelmi.« Der Hauptkommissar wischte den Einwand einfach weg. »Wir haben hier gar nichts ermittelt. Das waren die Kollegen vom Kommissariat Soziales. Sie, Doktor Wilhelmi, Sie sind hier bei der Mordkommission.«

»Mord, Mord. Was für ein Quatsch«, ereiferte sich Wilhelmi. »Das sollte doch nur ein kleiner Schreck für den Behrens sein. Damit er sich erinnert, wer das Sagen hat. Dass der gleich schlapp macht, so war das nicht gedacht.« Er schaute unstet im Raum herum und reklamierte weiter. »Sie fragen nach dem Warum? Nun gut. Es gibt Vorgaben, rechtliche, von der Verwaltung definierte. Da kann nicht einfach einer ausscheren und sein eigenes Ding machen. Wissen Sie, dass der Behrens alte Unterlagen gesammelt hat? Nein? Sehen Sie. Das war doch nur eine

Finte von ihm. Um mich zu schockieren. Aber nicht mit mir. Da gibt es nichts, Sie können mir gar nichts nachweisen. Alles korrekt. Sehen Sie?« Wilhelmi redete sich in Rage. »Ich brauche die Aufträge der Gerichte, die Stellungnahmen für die BGs. Immer wieder sehe ich doch, wie Versicherte versuchen, die BGs zu betrügen. Das kann man doch nicht durchgehen lassen. Die ganze Solidargemeinschaft leidet doch darunter. Das geht nicht. Nur der kleinste Zweifel führt dazu: Antrag abgelehnt. Dumm gelaufen. Und ich bin richtig gut, diese zweifelhaften Punkte zu entdecken. *Richtig* gut, wissen Sie? Die BGs wissen doch, was sie an mir haben. Ich brauche das. Die Anerkennung ist mir gewiss. Sie glauben gar nicht, wie viel unnötige Kosten die BGs durch mich einsparen konnten. Mich übertölpelt man nicht so leicht. Mich nicht. Der Behrens wollte das mit seiner Sentimentalität alles kaputt machen. Aber nicht mit mir.«

Er rieb sich voller Selbstüberschätzung über das fettige Haar und zog die Hand angewidert wieder zurück. Anklagend sah er zu seinem Anwalt. »Da sehen Sie, wie man hier behandelt wird.«

Jens Kuhlmann drehte genervt den Kopf zur Seite Richtung Einwegspiegel zu Katja, doch sein Blick ging ins Leere.

*

Donnerstag, 27. Dezember

»Mensch, Kathrin, was machst du nur für Sachen?« Frank saß auf seinem Bürostuhl und drehte sich entspannt hin und her, während er mit Katja und Kathrin auf den Chef zum Abschlussgespräch wartete.

»Sehr witzig, Frank«, zickte die Kollegin und wedelte mit ihrem Gipsarm vor ihm rum. »Denkst du denn, das war Absicht? Der Sprung aus dem Fenster war die einzige Möglichkeit, um aus dem Archivraum rauszukommen. Sonst hätte ich da das ganze Wochenende und die Feiertage noch dazu verbracht. Ist halt ein bisschen schiefgelaufen. Aber noch mal mach ich das nicht, keine Sorge.« Kathrin verzog gequält das Gesicht und kratzte sich mit den Fingern der rechten Hand am Oberarm, wo der Gips besonders unangenehm juckte.

»Das gilt doch jetzt als Arbeitsunfall, oder?«, bohrte Frank nach. »Musst du jetzt nicht zu Dr. Wilhelmi zur Begutachtung?« Kathrin verdrehte nur genervt die Augen.

Just in dem Moment kam Kriminalrat Neitmann durch die Tür und grüßte. Mit einem Blick auf Kathrin, wandte er sich an Katja. »Könnten Sie bitte ein paar Notizen vom Abschlussgespräch machen? Ich bekomme derzeit keine Aushilfe für Frau Kramer aus dem Vertretungspool, aber ich benötige das Abschlussprotokoll für die Staatsanwaltschaft. Abtippen werden die das dann unten.«

»Soll ich nicht schreiben, Chef?«, warf Kathrin ein. »Es ist doch nur mein linker Arm, der gebrochen ist. Mit rechts geht es doch noch.«

Neitmann schnaubte nur. »Frau Kramer, Kathrin, Sie sind offiziell gar nicht hier. Sie sind krankgeschrieben. Lassen Sie das mal Frau Sollig machen.«

»Ach, und warum nicht ich?«, witzelte Frank.

»Vermutlich, weil man deine Sauklaue nicht lesen kann, lieber Schwager.« Katja kicherte vor sich hin.

»Katja, also wirklich. Privates lassen Sie doch bitte da wo es hingehört: zu Hause.« Neitmann kratzte sich unbewusst am Kopf. »Aber ich denke, ich werde Ihnen zustimmen müssen. Also, Frau Sollig? Sie schreiben mit?«

»Sicher doch, Chef. Kein Problem.« Mit einem Seitenblick zwinkerte sie Frank zu, der sich wieder gemütlich auf dem Drehstuhl zurücklehnte.

»So«, hob der Kriminalrat an. »Bevor es losgeht«, er sah zu seinen Mitarbeitern, »wie Sie wissen, wird Frau Kramer uns zum Ende des Jahres verlassen und mit ihrem Mann nach Düsseldorf ziehen. Sie wird dort eine Stelle in der Verwaltung der Landesregierung übernehmen.« Die Kollegen klopften zustimmend mit den Fäusten auf ihre Tische. »Aber erst einmal, Kathrin, werden Sie wieder gesund. Was Sie erlebt haben, das reicht ja erst einmal, ich hoffe, Ihr neuer Arbeitgeber wird Ihnen ein ruhigeres Umfeld bieten können.«

Kathrins Gesicht überzog eine leichte Röte. »Uh, tja. Da der Herr Staatssekretär Sollig mein Chef wird, gehe ich mal davon aus, dass es sicher spannend bleiben wird. Nicht wahr, Katja, irgendwo bleibt es in der Familie. Ich bin so froh, dass in der Staatskanzlei eine Stelle für mich frei wurde.« Verschämt rieb sie sich eine Träne aus dem Auge.

Katja hob abwehrend die Arme. »Also, ich hab da nichts mit zu tun. Dein Einsatz in den letzten Wochen hat dich sicher qualifiziert. Und damit meine ich nicht, wie du dem Dr. Wilhelmi entkommen konntest, sondern wie du es geschafft hast, den Mörder von Stefan Behrens zu enttarnen. Du hast echt eine Begabung, in Akten auch die kleinsten Details zu entdecken und die Puzzleteile perfekt zusammenzustecken. Wir werden dich wirklich vermissen.«

Aber Kathrin lächelte nur wissend. »Das wollen wir doch mal sehen.«

»So, Leute, bevor das hier ausartet, lassen Sie uns zu unserem Fall zurückkommen. Eine Ansage habe ich dazu noch, denn die Staatsanwaltschaft hat mich vorhin angerufen. Für die Eheleute Schmidt wird es ein gutes Ende geben. Die Berufsgenossenschaft Logistik hat sich bereit erklärt, sämtliche Beweise noch einmal zu prüfen, auch die unterschlagenen, um zu schauen, ob sie den Arbeitsunfall von damals doch noch als Auslöser für die heutigen Knieprobleme von Ralf Schmidt anerkennen können. Die Sache mit den Schuhen hat den Ausschlag gegeben, das hat sie überzeugt.

Damit wäre das verlorene Gerichtsverfahren ad acta gelegt. Und sie haben sich ebenfalls dazu durchgerungen, die Kosten für das Privatgutachten von Professor Gerber zu übernehmen, weil sie dessen Einschätzung nun akzeptieren. Und – sämtliche Fälle, die Behrens gesammelt hat, werden noch einmal einer neuen Überprüfung unterzogen. Und bevor ihr jetzt in lauten Jubel ausbrecht, gebe ich euch noch etwas mehr Grund dazu.« Er blickte in die Runde und machte eine Kunstpause. »Genau das, was ich mir im Stillen gewünscht habe, scheint auch in greifbarer Nähe zu sein. Durch eure Arbeit in den letzten Monaten angestoßen. Es wird eine Kommission bei der Staatsanwaltschaft gebildet, die bei der BGL – vielleicht auch bei anderen Berufsgenossenschaften – und bei beteiligten Gutachtern und Richtern den Meldungen von Versicherten nachgehen wird, um gegen Rechtsbeugung und Begünstigung vorzugehen. Und da spielt auch hinein, inwieweit Richter Merz und Richter Lehmann involviert waren und wer auf der Seite der BGs verantwortlich ist. Den beiden Richtern droht ein Verfahren wegen

Strafvereitelung im Amt, soviel ist schon durchgesickert.«

»Ja!«, und »Sehr gut!«, riefen Frank und Katja und schlugen ihre Fäuste aneinander. Nur Kathrin wirkte unbeteiligt. Für sie war wichtig, ob dieser miese Kerl, der sie im Aktenbunker elendig verrecken lassen wollte, geschnappt war – alles andere würde sich zeigen. Irgendwann.

»Könnte mir mal einer erzählen, wie genau Kuhlmann den Herrn Doktor überführt hat? Ich habe gar nichts mitbekommen, als ich im Krankenhaus lag«, wollte sie wissen. »Und was wollte er von mir?«

Der Kriminalrat nickte unmerklich Katja zu, wandte sich ab, presste die Hände fest zusammen und tat unbeteiligt. Das Glitzern in seinen Augen ging keinen etwas an.

»Offiziell warst du gar nicht mehr da – verunglückt. Tut mir leid, Kathrin, das war zu deinem Schutz. So lange wir nicht wussten, wer für den Mord an Behrens und den Anschlag auf dich verantwortlich war, wollten wir sichergehen, dass für dich keine Gefahr besteht. Der Notarztwagen hatte die Telefonnummer aus deinen Unterlagen gewählt und so wussten

wir hier Bescheid und konnten handeln.«
Sie legte ihre Hand auf Kathrins gesunden rechten Unterarm. »Du glaubst nicht, wie froh alle waren, dass du es geschafft hast, aus dem Gebäude zu kommen. Nicht ganz unbeschädigt, aber lebend. Damit schien Dr. Wilhelmi wohl nicht gerechnet zu haben. Er hatte die Befürchtung, du würdest die Handakten von deinem Vorgänger finden und ihn enttarnen können. Dass der die Akten zu Hause aufbewahrt hat, auf die Idee war er wohl nicht gekommen. Im Endeffekt hat er sich selbst reingelegt, das andere war pure Recherche. Kuhlmann konnte nachweisen, dass in der Klinik in Essen das Gift fehlte, das bei Stefan Behrens zur Atemlähmung geführt hatte, als er sein Asthmaspray benutzt hat. Die Bestellungen passten nicht mit dem Lagerbestand zusammen. Das war auch der Grund, warum man Ralf Schmidt wieder auf freien Fuß gesetzt hat. Es gab keine Unstimmigkeiten, weder in der Apotheke, dem Arbeitgeber von Frau Schmidt, noch im Apothekenversand, in dem ihr Mann beschäftigt ist.«
Sie machte eine Pause und fuhr fort: »Und dann das mit den Kameraaufnahmen. Frank und ich hatten die von den

besagten Tagen überprüft. Im Sommer schien alles okay, doch im Dezember, da ging Wilhelmi nicht Richtung Innenstadt, wie er behauptet hatte, sondern er ging nach links Richtung Innenhof. Er muss vorher, als er bei dir oben war, die Fenstertür geöffnet haben, dann dich eingeschlossen, schnell wieder runter, austragen, sich brav dem Pförtner und der Kamera zeigen, zum Hof, die Feuertreppe wieder hoch, den Brand in deinem Büro legen und über die Außentreppe abgehauen sein. Dumm nur, dass er im Sommer eine falsche Fährte gelegt hat, um von sich abzulenken. Er hat die Fenstertür geöffnet und angelehnt, den Weg aber nicht genutzt. Und dumm von ihm, dass er nicht bedacht hat, dass der Raum vor dem Eingang noch zum BGL-Gelände gehört und von den Kameras noch erfasst wurde. Sonst wäre das mit dem linksrum gehen nicht aufgefallen. Der Pförtner konnte sich nämlich auch nicht mehr erinnern. Der war in Gedanken, weil er endlich abschließen und in den Weihnachtsurlaub wollte.«

»Und dann hat Wilhelmi sich letzte Woche von der Kamera im Hof bei der

Flucht filmen lassen«, unterbrach Frank hämisch.

»Wohl kaum.« Katja fing an zu prusten und kriegte sich vor Lachen gar nicht mehr ein. »Damit hat Jens ihn nur gelockt, um ihn zu verwirren. Da gibt es keine Kamera.«

*

Neitmann rieb sich die klammen Finger, um den Blutfluss wieder anzuregen. »Kühl ist es hier wieder bei euch«, lenkte er ab. »Aber egal. Frau Kramer, diesen Ausgang, den haben die Schmidts auch und ganz besonders Ihnen zu verdanken. Hätten Sie die Unstimmigkeiten zu den Gerichtsakten nicht entdeckt, ganz offiziell, dann wäre der Betrug vermutlich nicht aufgefallen. Und Sie konnten der Mordkommission bestätigen, wer Sie an dem Tag besucht hatte. Und haben den Täter aufgeschreckt. Nun ja, das war eher nicht so das Gewünschte«, meinte er zerknirscht mit einem Blick auf ihren Gips.

Frank hob die Hand. »Chef? Was ich nicht verstehe bei dem Ganzen: Warum hat der Genossenschaftsarzt, also der Wilhelmi, überhaupt den Behrens umgebracht? Der Betrug an den Versicherten wäre doch nie aufgefallen. Und Behrens steckte doch auch mit drin. Der hätte doch nie und nimmer die Öffentlichkeit informiert, sondern höchstens seine Vorgesetzten. Und ob die das an die große Glocke gehängt hätten? Das wage ich zu bezweifeln.«

Bernd Neitmann hob nur demonstrativ die Schultern und ließ sie wieder fallen. »Tja, warum? Ist das nicht immer die Frage bei den Verbrechen, die wir hier auf den Tisch bekommen? Panik, Profilneurose, schlechtes Gewissen, Gier? Vielleicht sogar alles zusammen. Ehrlich gesagt, will ich das auch nicht wissen. Ich verabscheue Menschen wie den Dr. Wilhelmi. Und den Richter Lehmann gleich dazu. Sie vernichten nicht nur die Lebensträume oder sogar das Leben der Versicherten und ihrer Familien, sie zerstören den guten Ruf eines Berufsstandes – sogar zwei –, der sogar auf Loyalität dem Gesetz gegenüber aufbaut. Und ja, Frank, ich weiß, Sie hatten das nur rhetorisch gemeint, aber ich musste das einfach loswerden.« Er ging zu einem der freien Stühle und setzte sich hin. »Dann spitzen Sie mal den Stift, Katja, ich fasse noch mal kurz fürs Protokoll zusammen, was unsere Soko in Zusammenarbeit mit der Mordkommission herausfinden konnte. Dann können wir das abtippen lassen, abheften und uns auf neue Fälle vorbereiten.« Er schaute Kathrin an. »Die dann aber nicht so ein schmerzhaftes und belastendes Ende nehmen sollen.«

*

Freitag, 28. Dezember

Frank wendete den Wagen in der Hohenhauser Straße und ärgerte sich erneut, dass die Bauarbeiten kein Ende fanden. Wochenlang geschah gar nichts. Irgend so ein Kommunikations- und Planungsproblem. Halt das Übliche. So ein Ärger für die Anwohner und die Firmen, die hier beheimatet waren, wenn sie selbst, die Besucher und Kunden sich durch die Baustelle quälen mussten. In Badenhausen war es ja nicht viel besser mit den dämlichen Verkehrshindernissen, doch dass das in Kalletal jetzt auch schon solche Ausmaße annahm, das hätte er nicht erwartet. Immerhin war am Nikolaustag in Badenhausen die Nordumgehung freigegeben worden. Wurde ja auch Zeit –

nach jahrzehntelanger Planung und jahrelanger Bauphase. Er fuhr noch einmal ein Stück zurück und wieder vor, bis er endlich richtig stand.

Ein letzter Blick vor der Abfahrt galt dem Ladengeschäft von Frau Klocke. Er konnte gerade noch durch die Türscheibe erkennen, wie seine Frau strahlend ihren Gutschein am Tresen abgab, um sich mit der Angestellten in deren Reich im Kosmetikstudio aufzumachen. Marina gönnte sich heute eine Spa-Maniküre und eine entspannende Fußreflexzonenmassage. Was auch immer das alles sein mochte, Frank war es egal. Sein Weihnachtsgeschenk war auf strahlende Augen getroffen und das war ihm seine Unwissenheit wert. Marina hatte mit der Kleinen viel um die Ohren und er gönnte ihr das bisschen Abschalten vom Alltag von Herzen. Und die Kleine? Die saß hinten im Auto und brabbelte in ihrem Kindersitz vor sich hin. Während die Mama sich ihre Hände und Füße aufhübschen ließ, würde sie mit dem Papa auf dem Osterhagen die großen und kleinen Tiere auf dem Hof Stock besuchen. Brav an der Hand oder auf dem Arm, aber mit Sicherheit mit genauso viel Begeisterung und verhaltenem Jubel.

Frank wendete seinen Blick ab vom Laden von Frau Klocke und wollte sich gerade Richtung Lemgoer Straße auf zum Nachbardorf machen, als das Telefon klingelte. Also erneut rechts ran, Wagen abgestellt und auf das Display geschaut. Schau an, Jakob Sollig, sein Neffe. Er nahm das Gespräch an. »Lieme. Wie schaut's aus, Jakob?«

»Hi, Frank. Wollte nur sagen, mit Montag, das geht klar. Ich nehme die Kleine. Ihr müsst nur ein paar ordentliche Sachen im Haus haben, so zum Essen und Trinken und so, dann geht das klar.«

»Das ist ja klasse! Danke, Jakob. Johanna wird sich freuen, wenn ihr großer Cousin auf sie aufpasst. Und Marina erst. Wir waren schon ewig nicht mehr gemeinsam auf einer Party nur mit Erwachsenen. Und die Abteilungsfeten sind legendär. Wenn das für dich okay ist, einfach perfekt.«

»Ein bisschen was nebenbei verdienen ist perfekt.«

»Ein professioneller Babysitter ist wesentlich teurer, besonders an so einem Tag, aber so ist es die beste Lösung. Noch einmal ganz lieben Dank, Jakob. Dann bis Silvester. Mach's gut.«

»Wir sehen uns.«

EPILOG

Silvester 2018

Zischend stob die Rakete nach oben und entließ krachend glitzernde blaue und goldene Lichtblitze in den dunklen Himmel. Da konnte so manch ein Badenhauser Bürger die kurze Zeit bis Neujahr wohl nicht mehr aushalten.

»So, Leute, dann haltet eure Gläser erst noch fest und setzt euch mal hin.« Bernd Neitmann guckte in die Runde und jedem seiner Mitarbeiter ins Gesicht. »Wir sind jetzt noch im kleinen Kreis, die anderen kommen später hinzu, damit wir Frau Kramer ...« er sah zu Kathrin, »... gebührend verabschieden können. Doch vorher habe ich noch eine Mitteilung zu machen.«

Neitmann ging zur Tür und trat auf den Flur. »Könnten Sie bitte reinkommen, wir sind soweit.« Er rückte ein wenig zur Seite und ließ Claudia Höltkemeyer eintreten. »Wenn ich vorstellen darf: Ihre neue Kollegin. Sie wird ab sofort die Aufgaben von Frau Kramer hier in der

Dienststelle übernehmen und bei Bedarf die Soko unterstützen.«

Frank stupste Katja an. »Hast du davon gewusst?«, flüsterte er.

Sie nickte. »Ich habe es gehofft, aber die endgültige Entscheidung war noch nicht gefallen.« Begeistert strahlte sie Claudia an und reckte ihr den erhobenen Daumen entgegen.

»Nun zu Ihnen, Frau Höltkemeyer.« Der Kriminalrat hob sein Glas und prostete Claudia zu. »Herzlich willkommen bei uns und alles Gute für Ihre Zeit bei der Soko Sozial. Zum Wohl.«

»Prost, Claudi«, stimmte Katja ein und stand auf, auch Frank schob begeistert ein »Prost« hinterher. Nur Kathrin stellte ihr Glas neben der Kaffeemaschine ab, schlenderte zu Claudia und nahm sie kurz in den Arm.

»Danke«, sprach sie leise in ihr Ohr. »Danke, dass du es bist, die meinen Job hier übernimmt. Die Amtsschimmelflüsterer, die brauchen dich. Im Hintergrund muss immer einer da sein, der all das zusammenhält, was die Abteilung hier so zusammenklaubt.« Sie presste die Lippen zusammen, drehte sich zur Seite, wischte sich unbemerkt eine Träne aus dem Auge, nahm ihr Glas, hob es an und sagte mit wieder fester Stimme: »Prost, Claudi. Wie schön, dass du nun dabei bist.«

Sie wandte sich an das Ehepaar Lieme, um sich abzulenken, und stupste Frank an. »Ey, wo habt ihr denn euer Töchterchen gelassen?«

»Johanna? Jakob passt bei uns zu Hause auf sie auf. Wir konnten sie ja schlecht mitnehmen.«

»Stimmt. Aber ein junger Mann an Silvester ohne seine Kumpels?«

Marina zuckte mit den Schultern. »Frag mich nicht, Kathrin. Er meinte, er hätte Zeit, er wolle in Ruhe an seiner Masterarbeit schreiben, und dass es Silvester ist, das wäre ihm egal. Außerdem ist er völlig vernarrt in seine kleine Cousine. Und als Patenonkel auch gern mal in der Pflicht.«

»Kein Wunder, sie ist ja auch herzallerliebst, eure Kleine.«

Im Hintergrund krachten schon die ersten Böller und man konnte durch die Fenster einige Feuerwerksraketen in den Himmel schießen sehen. Katja guckte auf die Uhr. »Los, Leute, raus mit euch auf die Dachterrasse. Gleich ist es soweit.«

Sie schnappte sich ihre Jacke und ihr Glas und ging zur Fenstertür, um sie für die Kollegen und ihre Familien zu öffnen. Alle versammelten sich draußen. Frank und Marina, Claudia, Frau Dr. Nathan, Kathrin und ihr Mann, Jens Kuhlmann und seine Freundin, Bernd Neitmann und Magdalena Stein, Jan und Katja. Irgendwer zählte laut von zehn rückwärts und alle stimmten ein. »Drei, zwei, eins ... frohes neues Jahr«, ging im Tumult der Grüße und der funkelnden Lichteffekte am Nachthimmel beinahe unter.

Katja ergriff Jans Hand und schaute lächelnd zu ihm auf. Die Lichter spiegelten sich in ihren Augen. Jan zog sie an sich, küsste sie leicht auf den Oberkopf und schob sie sanft wieder zurück.

»Frohes neues Jahr, Liebes.«

ENDE

Dankeschön, das sechste

Es heißt erst einmal Abschied nehmen. Abschied von lieb gewonnenen Figuren, die mich die letzten vier Jahre begleitet haben. Sie saßen mit am Tisch, redeten dazwischen, führten ein Eigenleben und mogelten sich immer wieder in den Alltag, um mich zu einem plötzlichen Aufbrechen zu drängen und ohne Rast direkt ihre Einflüsterungen in die Tastatur zu hauen. Immer wieder überfielen mich diese Szenen, die unbedingt ihren Anteil am Gesamtmanuskript verlangten. Und immer wieder litt ich mit meinen Protagonisten mit, fühlte, was sie fühlten, schrieb nieder, was sie belastete.

Da ist der Wechsel von Kathrin Kramer zur Landesregierung in Düsseldorf ein guter Schnitt, um auch selbst etwas Neues auszuprobieren. Etwas völlig Neues. Ein anderes Genre, andere Konflikte, ein anderes Zeitalter. Doch eines wird bleiben: die Region. In Kalletal, um Kalletal und noch ein bisschen weiter drum herum. Drei Landkreise, zwei Bundesländer, so sieht es heute aus. Und damals? Es wird sich zeigen, welche Herren welches Gebiet für sich beanspruchten. Mal schauen, was die neuen Figuren mir erzählen werden. Flüstern, das machen sie ja schon länger. Der Anfang ist gemacht.

Doch bis dahin möchte ich mich für die Begleitung auf meinem bisherigen Weg bedanken. Bei Klara für die Ideen, die sie unermüdlich zusammengetragen hat und die Geschichten, die in der Realität stattfanden und einen Weg in die Fiktion gesucht haben, damit man sie sehen kann. Dann ein dickes Dankeschön an meine Betaleser, die alten und auch die neuen. Carola, die schon eine lange Zeit dabei ist. Seit dem zweiten Teil, oder? Dominique, die viele Szenen, gerade aus den ersten drei Teilen, bei denen es mehr um behinderte Kinder ging, nachempfinden kann. Klara, na klar! Und nun ist da auch noch Susanne, die mir noch einmal andere Blickwinkel eröffnen sollte, da sie eben nicht vorbelastet ist und den sechsten Amtsschimmelflüsterer mit ihren Augen und ihrer Lebenserfahrung unbeeinflusst betrachten konnte.

Nicht zu vergessen meine Lektorin Michaela Marwich. Du machst meine Texte erst richtig rund. Deine Kommentare sind sachlich, aber treffend. Deine Korrekturen sind das Öl da, wo es noch etwas hakeln könnte. Danke, Ela, für alles.

Von einem Krimi zum nächsten taten sich vor mir gesellschaftliche Abgründe auf, die auch mich häufiger schwer schlucken ließen. Und ich habe viel gesehen und gehört, doch bin immer voller Vertrauen für meine Mitmenschen. Gerade für die, die zu entscheiden haben und denen man seine eigene Hilflosigkeit in die Hände legen muss, um Hilfe zu bekommen.

Dieses Vertrauen möchte ich nicht verlieren oder mit weiteren unsäglichen Vorkommnissen zerstören.

Ich schlage ein neues Kapitel auf. Das wird auch nicht ohne Schmerzen bei den Protagonisten abgehen. Aber es spielt in einem anderen Jahrhundert – und tangiert mich nur peripher. So würden wir es wohl hier in der Gegend sagen.

Danke all denen, die mich auf meinem Weg begleitet haben. Und ein besonderer Dank an meine kleine Familie, die nun die Chance bekommt, mal wieder ein paar neue Leute mit am Tisch begrüßen zu dürfen. Anna von Callendorp, ihr Vater Andreas und ihre Freundin Andrea, die

Tochter vom Schmied, warten auf tiefsin-
nige Gespräche.

Tschüss, Katja und tschüss, Frank.
Macht es gut. Vielleicht hören wir ja mal
wieder voneinander.

Marie von Stein

Die Amtsschimmelflüsterer I – III

Der Kalletalkrimi

ISBN
Paperback   978-3-7345-9682-7
Hardcover   978-3-7345-9683-4
eBook   978-3-7345-9684-1

Die Amtsschimmelflüsterer –
Sonderkommission Sozial der Polizei

Kalletal im Lippischen Bergland –
ein Rückzugsort, wenn es im benachbar-
ten Ostwestfalen mal wieder so richtig
drunter und drüber geht.
   Und Badenhausen – ein fiktiver Ort.
Die regionalen Besonderheiten und Se-
henswürdigkeiten angelehnt an zwei lie-
benswerte, idyllische Nachbarstädte in
Ostwestfalen. Sozusagen: aus zwei mach
eins.
   In Badenhausen arbeitet die Kriminalhauptkommissarin Katja Sollig mit ihren
Kollegen der Sonderkommission Sozial an
Fällen, die besonders und ganz besonders
anders sind. Denn es geht hier nicht um
Blut und Schweiß, nur Mord und Tot-
schlag – nein, es geht um Lug und Trug,
miese Machenschaften und korrupte Seil-
schaften, verzweifelte Familien und abge-
lehnte Hilfen.
   Und im schlimmsten Fall: Strafanzeigen. Ein rabiater Lehrer, der die Behin-
derung einer seiner Schüler ignoriert,
oder eine Mutter, die in die Mühlen der
Strafjustiz gerät, weil ihr der Mord an einem Jugendamtsleiter vorgeworfen wird,

oder eine Gruppe von Behördenmitarbeitern, die die Unwissenheit mancher Antragsteller ausnutzt, dann die Staatskanzlei, die auch irgendwie die Finger im Spiel hat ...

Und die Sonderkommission Sozial? Sie schaut hinter die Kulissen, wertet Berichte aus, befragt Betroffene und Zeugen, Täter und Opfer. Sie versucht, die verkrusteten Strukturen zu entwirren, die Hintergründe der strafbaren Taten zu verstehen – oder die Täter zu rehabilitieren.

Alles ist möglich bei den Amtsschimmelflüsterern. Da ist es schon schade, dass es im richtigen Leben so eine Institution der Kriminalpolizei nicht gibt. Wäre doch schön, bei tiefergehenden Streitigkeiten mit Behörden, oder?

Denn im Osten von NRW ist immer ganz schön was los – auch im wahren Leben.

Marie von Stein

Die Amtsschimmelflüsterer I

Stolperfall

ISBN
Paperback   978-3-7323-2408-8
Hardcover   978-3-7323-2409-5
eBook   978-3-7323-2410-1

Katja Sollig und ihr Kollege Frank Lieme machen sich auf, Fehlentscheidungen und Behördenwillkür der Ämter zu korrigieren und auf Seiten der Hilfesuchenden die Aufarbeitung der gemeldeten Fälle zu erreichen.

Mittelstufenschüler auf dem Gymnasium wird von dem Sportlehrer Dr. Dreh verletzt. Unfall oder Absicht? Während die Soko Sozial den Fall bearbeitet, kommen weitere Vorfälle zum Vorschein. Das Ermittlerteam stößt auf den Selbstmord eines ehemaligen Schülers. Was hat Dr. Dreh damit zu tun?

Ein Heimatkrimi oder ein Sozialkrimi? Für jeden Leser ist etwas dabei: Ungerechtigkeiten im Sozialwesen genauso wie der Ruhepol der Ermittlerin im Lippischen Bergland – im Osten von NRW ist ganz schön was los!

Die neu entwickelte Krimireihe gründet sich auf den Autismus-Ratgeber von Klara Westhoff. Marie von Stein ließ sich durch Szenen aus dem »Tagebuch einer Asperger-Mutter« zu eigenen Geschichten einer Ermittlerin inspirieren.

Marie von Stein

Die Amtsschimmelflüsterer II

Aufbruch

ISBN
Paperback 978-3-7345-0921-6
Hardcover 978-3-7345-0922-3
eBook 978-3-7345-0923-0

Durch die Journalistin Isabella Gurany, bekannt aus Teil I, erfährt Katja Sollig von einem Todesfall im Jugendamt von Badenhausen.

Worin war der Jugendamtsleiter verstrickt und wer wollte seinen Tod? War es die junge Mutter, deren Hilfeanträge für ihren behinderten Sohn abgelehnt wurden? Oder ein Kollege, dem er in die Quere gekommen war? Die Kollegen der Mordkommission ermitteln. Die junge Mutter kommt in Untersuchungshaft.

Katja Sollig und Frank Lieme von der Sonderkommission Sozial verfolgen andere Spuren, nachdem eine anonyme Strafanzeige wegen Nötigung und Amtsmissbrauch gegen Mitarbeiter des Jugendamtes eingeht.

Erst jetzt wird die Tragweite des Falles klar. Und auch Katjas Vergangenheit hat Einfluss auf die Ermittlungen. In den Akten taucht der Name eines hohen Beamten der Landesregierung auf: Jan Sollig – Katjas verstorbener Ehemann. Doch Katja hat vorerst nur ein Ziel: die Verstrickungen im Jugendamt zu entwirren, um Mutter und Sohn schnell wieder zusammenzubringen. Und wieder ist im äußersten Osten von NRW ganz schön was los ...

Marie von Stein

Die Amtsschimmelflüsterer III

Klagelaut

ISBN
Paperback   978-3-7345-5599-2
Hardcover   978-3-7345-5600-5
eBook   978-3-7345-5601-2

Während die Kommissarin Katja Sollig an ihrem freien Sonntag die Vernehmungsprotokolle schreibt und die vergangenen Tage Revue passieren lässt, braut sich so einiges an Ungemach zwischen dem Osten von NRW und der Staatskanzlei in Düsseldorf zusammen. Verschwundene Behördenmitarbeiter, eine Strafanzeige gegen Vorgesetzte eines Jugendhilfeprojektes, Falschaussagen in Amtsprotokollen und ein nie ganz geklärter Unfall eines hochrangigen Landesbeamten werden die kommenden Arbeitstage von Katja und ihrem Kollegen Frank Lieme bestimmen.

Werden die beiden es schaffen, die Beweise für die Straftaten zu finden, um die betroffenen Familien bei ihrer Suche nach Gerechtigkeit zu unterstützen? Und wird Katja sich endlich von ihrer großen Liebe lösen können und ein neues Leben beginnen? Wird das Klagen verstummen?

Nur wenige Tage – und am Ende wird nichts mehr so sein wie erwartet. Die Karten werden neu gemischt – und der Osten von NRW ist ganz vorn dabei.

Marie von Stein

Die Amtsschimmelflüsterer IV

Mutterherz

ISBN
Paperback   978-3-7439-6269-9
Hardcover   978-3-7439-6270-5
eBook   978-3-7439-6271-2

Die Amtsschimmelflüsterer –
Sonderkommission Sozial der Polizei

Lieb Mutterherz, magst ruhig sein.
2015 – Blut und Tränen in Badenhausen
2017 – Ende Oktober …
… nur sieben Tage Zeit hat die Soko Sozial aus Badenhausen unter Kriminalhauptkommissarin Katja Sollig, um die Strafanzeige eines jungen Mädchens zu bearbeiten.

Sieben Tage Ermittlungen gegen Verantwortliche des Gesundheitsamtes.

Sieben Tage, um herauszufinden, ob und wer bei Untersuchungen geschlampt hat.

Sieben Tage, die über das Schicksal einer Mörderin entscheiden.

Katja Sollig und ihr Team dringen in die Untiefen von Familienbanden und selbstgerechten Entscheidungen vor.

Wird die Zeit reichen, um ausreichend Beweise zu finden? Werden Blut und Tränen versiegen?

Und wieder ist im äußersten Osten von NRW allerhand los. Lasst die Ermittlungen beginnen!

Marie von Stein

Die Amtsschimmelflüsterer V

Abfuhr

ISBN
Paperback 978-3-7469-6848-3
Hardcover 978-3-7469-6849-0
eBook   978-3-7469-6850-6

Frieda Heyermeyer ist tot.
Denn Frieda Heyermeyer hat geerbt.
Und Erben kostet.
Manchmal sogar das Leben.

Karnevalszeit in Kalletal und drum herum. Katja Sollig, Teamleitung der *Amtsschimmelflüsterer*, der Sonderkommission Sozial der Polizei, freut sich auf ein paar freie Tage. Doch die Bitte des Chefs der Mordkommission kann sie nicht ausschlagen. Der Tod einer älteren Frau aus Badenhausen lässt sie nicht kalt, denn irgendetwas ist ungewöhnlich an dem Fall.

Wie war das? Eine Bank pfändet ein Haus und eine Behörde sieht dabei zu? Obwohl die Erbin eigentlich genug Geld hätte, um das alles abzuwenden? Eigentlich!

Genau Katjas Fachgebiet. Und während der Trubel der Karnevalisten immer lauter wird und die Regierungsbildung in Berlin noch höhere Wellen schlägt, macht sich Katja daran, gemeinsam mit einer Kollegin einen Wust von Akten durchzuarbeiten und ein paar Leute zu befragen. Ganz im Dienst derjenigen, deren Stimme nicht laut genug ist. Und die beiden finden Unstimmigkeiten heraus, die sogar in Berlin nicht ungehört bleiben.

Wieder einmal bleibt der äußerste Osten von NRW nicht still, sondern gibt Laut und tut kund.

Klara Westhoff

In Felix veritas

Aus dem Tagebuch einer Asperger-Mutter

ISBN
Paperback   978-3-7323-0376-2
Hardcover   978-3-7323-0377-9
eBook   978-3-7323-0378-6

Aus dem Tagebuch einer Asperger-Mutter erzählt Klara Westhoff 18 Jahre der Geschichte einer Familie mit einem autistischen Sohn. 18 Jahre Entwicklung, 18 Jahre Freude, 18 Jahre Kampf gegen Behörden, Schule und all die, für die Autismus einfach nur ungezogenes Verhalten ist. Asperger-Eltern werden vieles wieder erkennen, vieles neu entdecken und sich über vieles mitfreuen können.

Hier finden sie eine Sammlung von dem, was Asperger-Eltern und ihre Kinder ausmacht. Geschichten von Ausgrenzung und Trauer. Geschichten von Wut und Tränen. Geschichten von Liebe und Glück. Geschichten von Felix, Justus, Nils und all den anderen, für die Felix und Justus und Nils die Synonyme sind.

Ingram Content Group UK Ltd.
Milton Keynes UK
UKHW042025080323
418284UK00005B/31

9 783748 290841